朧月書版

朧月書版

勾引

seduce

Presented by
Liu Xiao Zhen with Brant

Presented by
Liu Xiao Zhen with Brant

Seduce

Contents
勾引・目錄

★ STORY 【正篇】

★ SIDE STORY 【番外】

奈傑爾╳艾力
The course of true love never did run smooth ★

楔子

喀噠、喀噠——

喀噠、喀噠——

喀噠、喀噠——

夜深人靜的房裡，迴盪著機械規律運轉的聲音。

一位上唇留著小鬍，西裝革履的中年男人坐在縫紉機前，屏氣凝神地車縫一套刺繡華麗的紫色衣裙。

寒冷的十二月是英國多風多雨的時節，尤其今夜的風雨比白日更烈，肅煞的北風穿過結實的窗牆，刮出令人心驚膽顫的詭音。不過屋外叫人喪膽的風聲絲毫沒有影響到男人，他依舊專注地製作手上的衣物。

室內氣氛很單調，只有縫紉機、爐火以及男人呼吸的聲音。

就剩一條裙帶了！將這條裙帶底部收邊，帶面再縫上珍珠點綴，一件高雅華美的女士洋裝即將大功告成。

男人端起盛滿珍珠的黑色絨布盒，細心挑選大小合宜的珠子，臉上露出滿足的笑容。慎選完珍珠，他重新換上線軸，準備繼續作業。

這時，房門被推開了，發出細微吱喀的響聲……

只見一頭棕色捲髮，莫約四五歲的小男孩拎著星星形狀的抱枕，在門縫邊探頭探腦。

「爹地、爹地……」

小男孩用稚嫩的聲音喊著專注作業的男人。

「奈傑？你怎麼醒了呢？」

看到寶貝兒子深夜突然現身，男人驚訝又開心。

「外面好黑……看不到星星……」

「原來我們奈傑害怕了啊？」男人一邊喚著兒子的小名，一邊朝他招招手。

「沒有！奈傑爾沒有害怕！奈傑爾很勇敢！我是在等星星出來……」奈傑爾氣呼呼地嘟起小嘴，稚聲反駁道。

「好好好，我們奈傑最最最勇敢了。」

男人莞爾一笑，順著兒子的話語安撫，並疼寵地將他抱在懷裡。

「今天真的看不見星星呢。」男人抱著睡眼惺忪的兒子走到窗邊張望了一會兒。

外頭如深海般晦暗，不見一絲月光，漆黑的玻璃窗表面只倒映著他與兒子模糊的影像。

「看來星星下班了，奈傑明天再看星星好不好？」

「嗯。」奈傑爾依靠在爹地溫暖的肩上，點頭同意了提議。此時他泛起睡意，打一個小哈欠接著問：「那爹地呢？爹地為什麼還沒下班？」

「呵呵呵。」男人笑了笑，帶著奈傑爾返回工作台，讓兒子坐在自己腿上。「爹地啊，還在做衣服喔，差一點點就完成了。爹地做完就下班，奈傑先回去睡吧！」

「不要，奈傑爾要等爹地下班一起睡——」

奈傑爾任性地鬧著爹地一起回房，話還沒說完，他見到桌檯上有一襲神祕紫羅蘭色的服飾。

頓時奈傑爾睡意全消，小小的眼睛完全被美不勝收的服飾吸引住。

「哇哇哇哇！這件衣服好漂亮喔！」

「奈傑也喜歡嗎？」

「喜歡、喜歡！它好漂亮！」奈傑爾拚命點頭，發出孩童最誠實的讚美。

他伸出小手觸摸著那柔軟的布料，目不轉睛地盯著。

漸層紫色面料中混著金銀兩色的繡線，隱隱折射出光彩，彷彿是暗紫夜空中的銀河，而上頭點綴的珍珠顆顆渾圓，宛如銀河中閃耀的星星。

「是客人要的衣服嗎？」

奈傑爾一邊問，一邊看爹地穿針引線縫上珍珠，眼底閃爍著崇拜的光芒。

「這不是客人的。」只見男人一臉難為地搖搖頭，輕聲道：「這件衣服是爹地要做給喜歡的人的……」

「我知道！是媽咪的衣服！」奈傑爾一聽，開心地舉起小手搶答。

「這個嘛……」

聽見兒子單純的回答，男人霎那間顯露出一抹難以言語的神情。而正是男人話語中的停頓，讓奈傑爾感到一絲異樣。縱使他尚年幼，也到了能察覺人們臉色的年紀。

「爹地喜歡的人不是媽咪嗎？」

奈傑爾童言童語地說出疑惑。

「這個嘛……沒有那麼喜歡，但也不能說不喜歡吧！」

男人回答得很複雜，同時語氣間帶著揣測與遲疑。

或許連他自己都不清楚，自己到底是否喜歡妻子。

「沒有喜歡嗎？那爹地為什麼和媽咪結婚呢？我們老師說，要跟喜歡的人才可以結婚喔！」奈傑爾認真說著幼兒園老師的教導。

他聽不懂爹地迂迴的回答，只懵懂地擷取話語中自己明白的字句。

「這個嘛，老師講的一半一半吧！」男人放下手邊的工作，捧著奈傑爾圓圓的臉蛋，認真地解釋：「奈傑，聽爹地說，其實跟不喜歡的人也能結婚的。」

「真的？」

「真的。但……如果可以選擇，爹地希望你以後可以與自己的真愛結婚。」男人欲言又止，眼神中帶著些許憂鬱。

「什麼是真愛？」

「真愛，就是你真心喜歡的人。」

「噢，真愛……」奈傑爾歪著頭茫然地眨了眨眼，接著不加思索地天真追問道：「那如果我二十歲跟不喜歡的人結婚了，但真愛在我三十歲才出現，那我可以再結一次婚嗎？」

「這……」

男人一時間無語，只發出了疑似苦笑的悶哼。

「如果我的真愛後來才出現，那我可以再結一次婚嗎？」

以為爹地沒有聽清楚，奈傑爾又大聲地重複自己的疑問。

「奈傑爾，如果真的有那一天，就選擇你所愛的。爹地支持你。」

「選擇……我所愛的……」

小小的奈傑爾抬頭凝視著男人，露出似懂非懂的表情。

「對。只要你過得開心，爹地我——」

正當男人想結束與兒子超齡的對話時，一道尖刺的女聲從背後炸開！

「天啊！真不敢相信！你在教我的孩子什麼啊！」

「萊莅？」

男人錯愕地轉頭。

「媽咪！」

相較男人的詫異，奈傑爾露出開心的笑容。

「奈傑爾，過來！跟蘿莅一起回房間！」

名為萊莅的女人憤怒地衝進房裡，從男人懷中一把搶過奈傑爾，不由分說地將他推給站在門外的女兒。

「蘿拉，帶奈傑回房間！」

女人憤怒地對姊弟兩人發下指令，然後轉身惡狠狠地對男人咆哮起來。

「奈傑，快點走啦。」

「姊姊……我……」

但奈傑爾不知道媽咪為何生氣，他佇在門邊，遲遲不離開。

「快點！奈傑快回房間！再不走我會被罵的！」姊姊蘿菈緊張催促著。

她拽著奈傑爾的星星抱枕想把弟弟帶離門邊，但奈傑爾就是不願走。他還想再看那件絕美的紫色衣服一眼，他還沒看夠呢！

此時，房裡的一男一女口角更加激烈。兩人不斷推擠，裝著珍珠的絲絨盤被打落在地。一顆顆珍珠像破碎的寶石般砸在大理石地磚上，發出一片吵雜刺耳的聲音。

「你不要再說了──」此時女人的怒意繃到最高峰，她激動地揮舞雙手，聲嘶力竭地大喊，「我睜一隻眼閉一隻眼，對你的行為足夠忍讓！你居然要把你那齷齪下流的思想教給我兒子？傑森，你簡直無恥！！」

女人對男人哭訴、怒吼著，霍地抽起地上的裁刀，朝工作檯上的衣服瘋狂亂刺。

這舉動把男人嚇傻了，房門外的蘿菈與奈傑爾更是驚愣在原地……

他們從未看過母親如此瘋狂暴戾的樣貌。

「萊菈住手！！不要這樣！」

「那個死女人勾引你！而你背叛婚姻就算了，竟然還想把骯髒的觀念灌輸給我兒子？他才幾歲？才幾歲──」

「萊菈住手！！」

「我偏不！十幾年來，你為我做過一件衣服嗎？從來沒有，沒有——！！」
「萊菈住手！我做一件給妳就是了！」
華美的衣服在女人淒厲的控訴下，被撕裂成一片片碎布。
「什麼叫做一件給我？我可是帕雷家的長女，正統的名門貴族，你憑什麼覺得能施捨我？」
利刃剪破衣物、割破男人的手掌，更劃破了兩人間淡如薄紗的婚姻。
門外的蘿菈見狀，倒抽口氣。十二歲的她雖然還是小學生，但已經是個小大人，蘿菈知道，再不離開這個地方，她與弟弟便會遭池魚之殃。
「奈傑，走了！」
蘿菈囁聲催趕，半拖半推地將奈傑爾帶離現場。奈傑爾被姊姊強制帶回漆黑的房間，一切事物彷彿沉睡般寂靜，只有布穀鐘的滴答聲還醒著。
「奈傑你是好孩子，快睡吧，晚安！」
蘿菈替奈傑爾拉上被子。
「蘿菈，晚安！」
奈傑爾聽從姊姊的話，乖巧地躺在床上閉上眼睛，直到聽見姊姊關上房門的聲音，奈傑爾才慢慢睜開眼。他輕手輕腳地走到窗台前，盯著窗外一大片黑壓壓的天空，腦中全是剛才目睹的亂局。
只是比起父母爭吵的可怕場面，縈繞在奈傑爾心裡深處的，是那件宛如銀河般的美麗套裝。
那件爹地縫製給喜歡之人的美麗套裝。

不過……那件絕美的銀河，如今已成了一條條散在地上殘敗的破布……

這一刻，心智稚幼、懵懂的奈傑爾隱約明白了些什麼，那就是——人，在真愛尚未出現前，最好什麼都不要選擇。

雖說隱諱地悟出了這番道理，但奈傑爾還是不懂……究竟爹地所說的「真愛」，什麼時候才會來臨呢？

奈傑爾想著想著，小腦袋昏沉起來，眼前的景象越來越模糊，逐漸不敵睡意。此時風雨漸弱，在朦朧的視線中，奈傑爾似乎看見窗外突現一道瑰麗的閃光，急速劃過灰暗的夜空。

「是流星！星星終於出現了……好漂亮喔……」

奈傑爾呢喃著，並逐漸闔上眼睛，趴在窗台邊沉沉睡去。

第一章

「哇！今年的雙子座流星雨也太夢幻了吧！快看那流星的尾跡，拖曳好纖細，像在天空上刺繡一樣……真是太美了……」

看著一道道流星雨，在寬闊無際的紫色天邊織出成片美麗的線條，奈傑爾忍不住仰頭讚嘆。

冬夜裡的冷風颳起奈傑爾棕色及肩的髮絲，微捲的劉海不時遮住他的視線，卻遮不住他對眼前夢幻景象的迷戀，碧藍如寶石的眼眸閃爍著對絢麗流星雨的激動之喜。

不過這時，背後一道女聲破壞了這唯美的氣氛。

「我們什麼時候可以走？這裡好冷，還有莫名其妙的鬼東西。」

克柔伊嬌嗲著。她整個人縮在充滿暖氣的車中，不耐煩地彈掉爬上車窗的不知名小生物。

「走？我不會走啊！不是說好要來觀星的嗎！」

奈傑爾看著自己剛搭好的天文望遠鏡和帳棚，露出興奮的表情。

「奈傑爾，你真的覺得我只是想看星星而已嗎？」

「咦？妳不喜歡流星雨嗎？女生不都挺喜歡的嗎？」奈傑爾用不可思議的語氣反問克柔伊，不過他的雙眼依舊定格在滿天星斗的天空，完全沒看克柔伊一眼。

「都三十歲的人了，別裝無知。」

克柔伊的聲音高了一階，像是某種警告。

「呀——是火流星！」

突然，天邊劃過一道璨亮的光跡，奈傑爾開心地指著天際大喊，徹底無視克柔伊的警語。

「奈傑爾，別裝傻，我再說一次，我要回去了！」沒想到會被這樣忽略，克柔伊忍不住嗔怒。

「可是流星雨是我們這次『璀璨』婚紗秀的主題元素耶，妳是主要模特兒，真的不願意再看一下嗎？」

「都已經看好幾個小時了，還不夠嗎？你設計你的衣服，我走我的台步，到底跟看星星有什麼關係？我受不了，太冷了，我要回去了。」

「觀星」這檔事，對沒有興趣的人來說簡直乏味至極，尤其在低溫的冬夜裡。

對天空發呆了好幾個小時，克柔伊快無聊死了。

「克柔伊，妳會覺得冷，是因為妳穿太少了，而且妳的衣料選的不對，例如妳的絲襪，一眼就知道布質親膚性不佳，這樣……」奈傑爾此時才轉過頭看著克柔伊。他瞇起雙目，對長髮大眼、性感亮麗的女孩正經八百地說教。

「夠了！你言下之意就是不走是吧？很好！那我走可以吧？你就留下來，自己看到天荒地老好了，你這無藥可救的觀星瘋子！！」

克柔伊怒火生起，她終於受不了，吼了奈傑爾，並大力關上車門，催動引擎，頭也不回地駕車揚長離去。

「嗳嗳嗳——我的車！我——！」

前一秒奈傑爾還振振有詞，下一刻就被丟在孤冷的荒地中獨自錯愕。

「怎、怎麼這樣？」

奈傑爾無奈地看著越來越渺小的車尾燈，接著竟然開懷大笑起來。

算了，走了也好，就不用費心思顧人了。幸好望遠鏡都搬下來了，明天攔台便車什麼的回去就好了。奈傑爾自顧自地打著如意算盤。

今晚降臨的可是今年的最後一場流星雨呢！錯過又要等上好幾個月。

奈傑爾看著身旁兩台寶貝單筒望遠鏡，嘴角露出心滿意足的笑容。總算沒有雜音干擾，他要繼續看星星了。

相較於奈傑爾的從容，怒氣沖天的克柔伊駕車飆速行駛在筆直的暗夜公路上。她快氣瘋了，腳下的油門越踩越深。

身為模特兒界的頂流新星，克柔伊樣貌甜美、身材比例傲人，不少權貴富商都爭先恐後，為一親芳澤大擲千金。而她這樣眾星拱月的女孩，居然在如此美好的夜晚被晾在荒山野嶺吹冷風？

「奈傑爾．班納特那個渾蛋是怎麼搞的？真的不知道約女孩子看夜景是什麼意思嗎？真的別鬧了！」克柔伊嘴上咒罵著，握方向盤的力道不禁加重幾分。

班納特家族是出名服裝設計師中的望族，在國際時尚圈裡可是隱藏的名門。

歷代出身班納特家族的服裝設計師，皆設計過改變時代潮流的指標性單品。奈傑爾的祖父不但曾經為歐洲多個王室的禮服設計操刀、使家族榮獲尊貴的名譽，服裝產業繼承到奈傑爾父親手上後更創立了高級訂製服的工作室，奠定了班納特家金字塔頂端的品牌形象。

到了奈傑爾這代，他更是將服裝事業的觸手拓展到一般大眾的生活。奈傑爾與姊姊蘿菈一起建立平民時尚潮牌，讓時尚不再是有錢人專有的享受，在連鎖服飾品牌中打出驚人的業績。

高端與平價，兩邊產業經營有聲有色，負責衣裝設計的奈傑爾更是才華出眾。他曾匿名參與服裝設計的電視真人秀，並獲得了出彩的名次，在千萬女孩眼中是實力與門第兼具的最佳婚姻人選。

就是說，誰不想攀上這個名門呢？

克柔伊自然也不例外。就算沒攀成，沾點邊也好。

當她接到自己獲選為奈傑爾這次婚紗秀主要模特兒的通知時，克柔伊雀躍地又叫又跳。本想著今日奈傑爾邀自己晚間出遊，鐵定會發生什麼乾柴烈火的事情……

誰知道……誰知道居然只是露營看星星！

單純的看星星！

枉費她忍受刺骨天氣，換上一身性感薄紗短裙。

浪費，根本浪費。自己明明是伸手可碰的尤物，竟比不上幾顆遙不可觸的石頭！

真是太可笑，太荒謬了。

克柔伊越想越氣，最後不停捶按喇叭，瘋狂尖叫起來。

◇

而奈傑爾呢？他正悠哉地躺在帳篷中，一邊享受溫暖篝火，一邊欣賞萬里無雲的滿天璀璨。

翌日——

「唉，果然……我太高估自己的運氣了嗎？怎麼會一輛車都沒有？」

奈傑爾看了看背後，低頭唉聲嘆息起來。

他揹著兩架幾十公斤的望遠鏡及露營包裹，獨自走在蜿蜒不見盡頭的山林公路上。

這條公路是往返兩座繁華城市的主要幹道，一年四季山河壯麗。冬天晨間飄下皚皚白雪，凝成薄霜，似絲絨般覆蓋著大地，猶如童話中的冰雪王國。

只是冰雪王國的景色再醉心，普通人也耐不住持續下探的氣溫。

「還好昨晚沒下雪。」奈傑爾唇齒打著哆嗦，心中暗自慶幸，下一秒又不自覺皺起眉頭，「不知道克柔伊有沒有好好對待我的車。」

奈傑爾昨夜想得很美好，以為走上公路後多少會有旅人，或是貨車經過，可以載自己一程。但出乎意料，他走了快兩個小時，連一台破車都沒遇見。

唉……萬一不幸真的沒車經過，那大概再走兩個小時就能回到城裡了。奈傑爾心裡嘆氣，預想著最壞的情況。

就這樣在寒風中又走了不知多久，耳尖的他隱約聽見後方傳來車輛的引擎聲。

起初他還以為自己幻聽，但引擎聲不但沒消失，反而越來越清晰。

奈傑爾猛然回頭，果然看見一輛銀白相間的雪弗蘭汽車從後方不遠處駛來。他喜出望外，不顧對方的車速，立即跳到路中央猛力揮手，希望對方能停下來。

銀白如霜的雪弗蘭見有人堵在路上，果真放緩速度，停在奈傑爾面前。

來車的擋風玻璃上映著一位蓄著金色長髮的人。駕駛面戴墨鏡，唇上含著菸，頸項上還繫著一條冷藍色圍巾，渾身圍繞著高雅又貴氣的風韻。

車完全靜止後駕駛探出車窗，啞金色長髮隨興地披散在圍巾上，低明度的莫蘭迪系配色將絲絲金髮烘托得更有質感。

「小姐您好，請問我……」奈傑爾點點頭，上前禮貌地詢問。

「搭便車嗎？」

話還沒說完，金髮駕駛主動開口。

「呃、對。不過你怎麼知道？」

奈傑爾一聽，詫異地反問，瞠目結舌地呆望著駕駛。

令他震驚的，並非眼前人未卜先知的特異功能，而是──聲音。

奈傑爾億萬分肯定自己沒聽錯，銀白色車主的聲線，確確實實是男人的聲音。原以為駕車的是位貌美的金髮女性，殊不知竟是一頭長髮的個性男子，這著實讓奈傑爾心中吃驚。

身為服裝設計師多年，奈傑爾自負絕不會錯認男人與女人的身版……但……

「難不成你擋下我的車，是單純來跟我借火的？」

金髮男子看似不屑地吐了口白霧，一邊伸出纖細柔白的手指掐住菸嘴，抖了一下煋灰。

「不好意思，我不抽菸。」奈傑爾尷尬地瞇了瞇眼，滿臉歉意地回答。

「誰管你抽不抽菸！不上車就滾！」

「呃？」

金髮駕駛無預警放出狠話，讓奈傑爾嚇一跳。眼看那人升起車窗，驅車離去，奈傑爾焦急地大拍車窗懇求道：「啊，等等、等等——請讓我上車，拜託，請讓我上車！」

轎車驟停，發出刺耳的煞車聲，接著空氣中傳來車門解鎖的聲音。奈傑爾見到哀求成功，欣喜地拉開副駕駛座的車門。

「謝謝你喔，謝謝。」奈傑爾小心翼翼地向車主連聲道謝。

只見金髮車主面無表情，淡定地將菸捻熄在菸盒，同時挪了挪下巴示意道：

「望遠鏡就放後座吧。」

「咦？你也觀星嗎？」

一聽，奈傑爾的眼睛瞬間清澈起來。真幸運！難不成遇到了觀星同好？

「嘖！背袋LOGO這麼大，你當人眼瞎啊？」金髮男人咂舌，不悅地別過頭去。

「啊，對噢。」

奈傑爾尷尬地搔搔頭，照指示把望遠鏡放到後座上。

也是呢！別人都說，在現實中遇見觀星的同好可比遇見真愛還難，他真是太天真了。奈傑爾返回副駕駛座並迅速繫上安全帶，不敢多耽誤金髮車主一秒鐘。

引擎再次啟動，熱呼呼的暖氣撲在奈傑爾凍紅的臉龐，僵疲的身軀一下子活了過來。他瞬間覺得空調真是人類史上最偉大的發明。

沐浴了一會兒暖氣後，奈傑爾紓了紓肩骨，眼角悄悄掃視車內，車裡宛如剛購入似的一塵不染。沒有任何可延展話題的擺飾，或是凸顯車主個性的生活痕跡。

沒有撥放音樂、沒有芳香袋、沒有家人的照片、沒有散落的零錢……有的只有空氣中若有似無淡淡的菸草味。

「非常感謝你讓我搭車，我差點以為自己真的要走回去呢，而且你的車真潔淨，不像我的車雜物很多，總是一團亂。哈哈哈哈。」

奈傑爾率先發話，還不忘稱讚幾句。

「到哪裡？」

金髮車主沒搭理奈傑爾，只是簡潔地問了目的地。

「呃……里茲，謝謝。」

車主冷漠的態度使奈傑爾剛暖和起來的身軀又感到一絲涼意，而金髮車主得到答案後也沒多說什麼，只是微微點頭，繼續開車。

他正好也要去里茲嗎？還是只是好人做到底，自己說到哪裡就送到哪裡呢？

奈傑爾不禁在心中猜測，完全沒有頭緒，雖說這位車主的語氣不怎麼友善，但奈傑爾回想自己剛上車時，從對方特意捻熄菸草的舉動來看，車主應該不是個惡劣之人。

嗯，沒錯，說不定他還是個心思細膩的大好人呢！

奈傑爾想著想著，默默替身旁年輕的金髮車主下了定論。

他們繼續行駛在寂靜無人的公路上，期間沒有其他車經過，後照鏡也沒映出有來者的車影。

直到儀表板上顯示他們已行進了六公里，奈傑爾終於受不了沉默，主動開口自我介紹，想打破僵硬的氣氛。

「那個……請問您怎麼稱呼呢？我叫奈傑爾。奈傑爾・班納特，你可以叫我奈傑。」

「你好，奈傑。」

金髮車主短促敷衍地打完招呼後，空氣回歸靜默，連反向的自我介紹也沒有，車內只剩空調與引擎的運轉聲。

發現身旁的人似乎對自己毫無興趣，奈傑爾感到有些尷尬。他並沒有任何自以為是的想法，只是成長於知名的家族，奈傑爾早已習慣只要報上名諱，周圍便會熱情附和的世界。這般被漠視，還是第一次。

車子平穩向前行駛，奈傑爾吞了吞喉嚨，顯得有些緊張。雖說車主似乎沒打算搭理自己，可既然都開口了，奈傑爾決定聊點什麼。

「嗯……請問您是從事什麼職業呢？」他開口問。

畢竟世界上有幾十億人口，茫茫人海中以這樣的方式相遇，也算是難得的緣分。如同浩瀚的星河中，一顆隕石要飛越幾千光年才有可能化作流星，與在地球的人短暫相遇數秒。

不過他熱情的閒聊並沒有換來金髮男子一絲一毫的回應。雖然男子戴著墨鏡，但奈傑爾隱約從鏡框的側縫中看見，男子原本聚焦於路況的雙眼警示性地瞥了一下自己的方向，於是他趕忙解釋：

「那個……不好意思，我不是有意探究的，不想回答也沒關係。我純粹是因為工作的關係，一直認為自己看人挺準的。這麼說有些不好意思……只是我剛開始以為你是女生，沒想到居然是——」

奈傑爾滔滔不絕地說著，豈料車子此時突然九十度急速偏轉，直直往山谷爆衝出去！！

「啊——！！危險——！！啊——！」奈傑爾驚慌大喊。

就在他被離心力甩得暈頭轉向時，車輛千鈞一髮，急煞在山路上一段陡峭的坡邊，眼看只差不到一公尺的距離他們便會衝出護欄，連人帶車翻落山崖！

車內一片寧靜，只有奈傑爾失序狂亂的心跳聲。

「你再吵，就給我滾下去。」

黑色的墨鏡遮住金髮男子惡狠的眼神，可他嘴角咬出來的殺氣彷彿能殺死千萬頭羔羊。奈傑爾下意識滾了滾喉結，額前冒出滴滴冷汗。

他知道，金髮男子所謂的「滾下去」絕非是單純地滾下車這麼簡單。他瞄了眼車頭前方的萬丈深淵，屏氣不敢發出一點聲音。

哈利路亞！

奈傑爾在心中祈禱。即便他名利雙收，但也不想太早死啊！更何況班納特家族在他出生時就預留了一塊墓地給自己，奈傑爾希望未來能好好地安葬在親愛的祖母旁邊，他可不想橫屍荒山野嶺。

「是，我知道了。說完這句話後，我會非常非常安靜。」

見對方遲遲沒有掉頭的打算，奈傑爾趕忙回應，並在嘴唇前比出拉上拉鍊的手勢。然而金髮男子卻無動於衷，車內陷入令人顫慄的死寂。

「真的，我保證。」

在對方暴戾的氣場下，奈傑爾膽戰心驚，點頭如搗蒜，他舉起手再次認真對天發誓。對，他眼下在別人的車上，就是一頭名副其實的待宰羔羊。

得到奈傑爾正經八百的誓約，金髮車主才收起戾氣，俐落地調轉方向盤將車駛回公路中。眼看車頭終於遠離搖搖欲墜的山崖，奈傑爾心有餘悸的情緒才平靜下來。

看來自己上了一位不得了傢伙的車啊……奈傑爾在心中暗忖。是討厭別人說他像女人嗎？也是，確實有很多這樣的男性……看來是自己說錯話了。

奈傑爾在腦內自問自答，明白是自己冒昧後識相地低下頭反省，完全不敢發聲，就連呼吸都小心翼翼，唯恐自己不小心發錯一個音，隨時會被丟下山崖，或遭輾斃在公路上。

車內又回歸寂靜，剩下空調的聲響，不過奈傑爾當下覺得這枯燥乏味的機器聲悅耳動聽，宛若人間天籟。

坐在暖氣充斥的車廂中，僵硬的身體逐漸鬆軟下來，奈傑爾的眼皮慢慢變得厚重。昨晚縱使沒了克柔伊的碎念攻擊，他耳根清靜許多，可終究是在低溫的環境中僅靠一窪篝火捱了整夜，清晨又走了好大段路，奈傑爾早已疲憊不堪。

猶如天空灑下珍珠粉般的雪景從車窗一幕幕刷過，不知何時，奈傑爾陷入了深深的沉睡。

◇

等到奈傑爾再次恢復意識時，窗外的雪景已換成了市區裡車水馬龍、人群摩肩接踵的熱鬧景象。

他們回到了市內。

里茲——雖說不是時尚產業的指標型城市，卻是英國過去布面原料生產交易的重鎮，深深影響著服飾產業的脈動。而奈傑爾的原生家庭，班納特家族就居住於這座紡織業文化深淵的城市。

奈傑爾微微眨了眨眼，發現自己睡得很沉，彷彿從深層催眠中甦醒似的。他瞇著眼看了身旁駕駛座上的人，只見金髮車主看似無聊地滑手機，並未發現他已清醒。

接著他的視線望向電子板上的時間……以平時的車程推估，他們已經抵達里茲大約半個小時了，但為什麼金髮車主沒有叫醒自己呢？

他……該不會是在等我醒來吧？

奈傑爾猜想，於是試探性地開口：

「到了？」

「嗯哼，但我不知道你確切要到哪裡。」金髮車主簡潔應聲，可兩眼依然盯著手機。

「噢，這裡就可以。」奈傑爾一邊說一邊望了望大道街口。

「ＯＫ，那你走吧。」

金髮男子蠻不在乎地努了努下巴，指著車門，要奈傑爾直接走人。他的回應乾脆俐落，依舊沒看奈傑爾半眼。

「喔、喔嗯。」

奈傑爾點點頭，下車繞到後面拿取放在後座的望遠鏡。車主如此冷淡異常的態度讓奈傑爾摸不著頭緒，不知眼前的人到底是什麼樣的性格。是刀子嘴豆腐心呢？還是一時興起，單純對路人施點小恩小惠而已？

奈傑爾揹上望遠鏡，返回前座，想再次感謝這位幫助自己的車主。

「非常感謝你載我一程。請問我能知道你的名……」

殊不知才剛開口，銀色的車體便立刻關上車窗，下一秒以光速般的速度閃離，彷彿奈傑爾身上有成千上億的病毒，讓人避之唯恐不及。

空氣中只剩下車身離開的煙硝……

奈傑爾尷尬地站在路邊，凝望著逐漸遠去的車身，洩氣地嘟嘴，覺得好氣又好笑。心中不自覺溢出一股奇異的心情……那種感覺，他具體也說不上來。就像是一壺沁香的紅茶中丟入幾粒莓果與檸檬片後，散發出微微酸澀的氣味那樣……忽然間，不知怎麼的，他想到了克柔伊。

奈傑爾發現，同樣是看著他人遠離，況且車也不是自己的，怎麼面對一個陌生人離開，自己會如此難以釋懷呢？

朝銀色轎車離去的方向望了一會兒後，奈傑爾甩了甩頭，試圖抖掉心中糾結的惆悵，然後有些落寞地轉身離開。他穿越幾條十字街口，越過通紅的電話亭，拐入一條稀無人煙的小巷，徹底脫離喧鬧的城市。

不過幾街之隔，映入眼廉的道路氛圍截然不同。與大道上建築物外觀偏橘紅白的調性相違，小巷中的民居屋牆被鬱鬱蔥蔥的藤蔓植被覆蓋，給人幽靜寧靜的氣息。

在怡然的巷弄中走了幾分鐘後，奈傑爾推開了一扇毫不起眼的鐵鑄欄杆拱門，彎進一棟隱蔽於住宅區裡的灰色洋房。

這間洋房是班納特家族唯一的實體精品店面。房屋外牆直接由混凝土鋪成，沒有任何磁磚裝飾，建物主體以灰黑白三色相錯，門前的石柱上浮雕出「BENNET」的藝術字體，給人低調高雅的時尚視覺。店裡呈列的高級時裝全由奈傑爾親自操刀，從設計到打板一手包辦，並由旗下最專業的裁縫師傅一針一線手製出來。即便班納特出品的衣物，一件普通的襯衫也要價不菲，但因品質高檔、產量極少，每件都是時尚名人圈中趨之若鶩的精品。

奈傑爾從後門進入店內，親切地與員工一一打招呼。簡單巡視完一圈後，他逕自走入其中一間更衣室中。這間更衣室其實是通往二樓設計部的暗門，門把上附有指紋解鎖的功能，奈傑爾非常喜歡這種密室暗道之類的裝潢。

二樓不單是設計部，也是奈傑爾專用的工作間，只有他與私人助理能進入二樓。班納特家出品的衣服從設計、打版、裁片到樣衣，都是在這間房裡誕生。

他躡手躡腳爬上樓，內心祈禱著自己那囉嗦的助理今日睡過頭，臨時請假了。

但總是天不遂人願，奈傑爾還未登頂，一道渾厚威武的男聲立刻從二樓門口傳來：

「噢，天啊！奈傑！你終於回來了！」

頂著晶亮光頭的助理一發現樓梯傳來窸窸窣窣的聲響，立刻衝到樓梯口堵人。

聽見助理宏亮的聲音，奈傑爾暗地癟了癟嘴。唉……果然是自己妄想了……

「早啊！薩曼！」

奈傑爾對助理綻開一記陽光笑容。

「都中午了，我打你手機都不通。」

「手機不在我身上。」

奈傑爾聳聳肩，心中無奈嘆氣，他的手機連車被克柔伊一起劫走了。

「我早上接到警察的通知，還以為你怎麼了呢，害我白擔心！」助理薩曼滿口牢騷。

「我很平安啊，看見你真好呢。」

奈傑爾燦爛微笑，並誇張地張開雙臂緊緊擁抱粗獷的薩曼。

薩曼是奈傑爾的設計助理，身兼 BENNET 精品服飾店的店長。他和奈傑爾是參加設計實境秀時結識的，兩人不僅是在比賽中廝殺到最後的敵手，同時與奈傑爾在節目中成為好戰友。

雖然薩曼在賽事中也得到不錯的成績，但於實境秀一輪又一輪的任務中，薩曼十分驚豔於奈傑爾的才華及實力，並在比賽結束後自願跟著奈傑爾工作，至今已經六年了。

「少來了！你抽菸？」薩曼皺了皺鼻子，推開假惺惺的奈傑爾，主動替他泡茶。

「我剛剛搭了便車。」

奈傑爾簡單地解釋一身菸味的來源。

「可以。菸味總比可怕的香水味好太多了。」

「你那麼討厭香水味，那你女兒以後怎麼辦？」奈傑爾露出苦笑。

「噴在我女兒身上的香水例外。」

說什麼呢？女兒的一切都是可以接受的。當然，除了男朋友。

奈傑爾看著寵女兒魔人笑了笑，仔細將寶貝望遠鏡安頓在專屬的防潮櫥櫃中，並換下一身髒服，改套了件素面的羊絨針織衣。

貼肩的米色針織毛衣，加上寬緊適中的暗藍色牛仔褲，不僅彰顯出奈傑爾鍛練有成的身材比例，也襯出他俊雅非凡的氣質。

「對了。你說警察通知你？是發生了什麼事？」

奈傑爾拿起桌上薩曼替自己準備的熱奶茶，悠哉地啜了一口，舒服地瞇起眼，渾身暖了起來。果然在冷冷的天氣裡，就是要喝口熱奶茶。

「你心裡沒數？」看對方一臉無知，薩曼吹鬍子瞪眼睛，沒好氣地翻了白眼，「是克柔伊，她超速行駛，還把你的車開上人行道，撞破了消防栓，淋了整車！我接到警察電話時，還聽到她在電話裡不斷詛咒你，你到底對她做了什麼？」

聽聞此事，奈傑爾哭笑不得：

「哈哈哈哈，天！我什麼也沒做好嗎？我很紳士的。」

「我就知道。」

聞言，薩曼像洩氣的氣球一樣長嘆一口氣。他瞥了眼放著望遠鏡的衣櫥，不用問也知道奈傑爾究竟帶著女伴幹了些什麼好事。

說到他這位老闆，完全是標準的百花叢中過，片葉不沾身。別人都是因為對女人言行輕浮而被咒罵，奈傑爾卻是因為舉止太過紳士，反倒惹來女人的不滿。

「我說奈傑，女人啊……都希望男人表面像人一樣紳士，但上床的時候，哪個女人不希望男人越獸慾越好！」薩曼張開十指，曖昧地做了個野獸撲咬的動作。

「呵呵，不好意思……請問這段話包含令千金嗎？」奈傑爾幽默地調侃道。

「我女兒還有十三年又九個月零二天才成年，在這期間我會盡量阻止這種事情發生。」

「相信我，薩曼，你阻止不了的。只要她遇到真愛，這一切自然都會發生。」奈傑爾說得認真。

沒錯，愛情是阻止不了的。

誰也沒辦法阻止。

「好吧！也許我阻止不了愛情的發生，但我可以解決讓愛情發生的人。」薩曼表情陰沉，目露凶光，兩手作勢扣動步槍的扳機。

「為您未來的女婿默哀一秒鐘。」

這一秒鐘，奈傑爾雙手合十，誠心地為這位素未謀面的孩子感到憂傷。

「我有時候真是好奇，你到底有沒有性生活？沒有性生活，人還叫人嗎？」薩曼質疑道。

跟著奈傑爾多年，他從未聽聞奈傑爾有一絲花邊生活。跟女人沒有，跟男人也沒有。

「當然有啊！」

「誰？」薩曼一聽，見獵心喜地問。

奈傑爾舉起右手，嚴肅道：「跟你鄭重介紹我的伴侶，Mr.Right 他能隨心所欲地調整鬆緊及速度，不錯吧？」

「這是什麼老派的搞笑？你該不會是處男吧？」薩曼狐疑。

「我才不是處男，我只是討厭麻煩。跟女人之間沒有愛的性，之後產生的都是麻煩。」奈傑爾有感而發，接著挑眉，「你懂的，我的人生已經擁有許多麻煩了。」

比如克柔伊，沒有性關係，卻也夠麻煩。

「沒錯，你說的有理。」薩曼心有戚戚焉地點頭，但下個瞬間突然丹田發力，大喊一聲。

「怎、怎麼了？」奈傑爾被嚇到，肩膀一抖。

「天啊！有一件『麻煩』差點忘了跟你說！」

薩曼一邊說一邊著急地打開桌上的紙箱，取出一件淡鵝黃色的襯衫遞到奈傑爾面前，奈傑爾則一眼就認出薩曼手中的衣物，是自家平價品牌的產品。

「這件不是R&N明年春季預定的新品嗎？」

「沒錯，原本這兩天等布料送來就要上機生產了，不過稍早發生意外……」

在薩曼的解釋下，奈傑爾得知，原來運送布料的貨船在港口停泊時與其他貨船發生擦撞，油料外洩引燃大火，放在貨櫃的布料慘遭祝融，嚴重損毀。

「損失的費用保險公司承諾會理賠，但現在布料短缺，新一季的訂單怕是趕不出來了。」

「原來如此……」聽完薩曼的報告，奈傑爾碧藍的眼眸瞬間黯下，嘻笑的神情退去，換上正經的眼神陷入沉思，過了幾分鐘他追問：「我們新一季的樣品照已經發出去了，對吧……不過我記得這件衣服那時因為不確定布料的到貨狀況，所以只刊出正面設計，不是嗎？也許可以先撤回來？」

「撤是可以撤。不過雖然這件衣服只有正面照，但不少海外商家已經例行下訂預購了，合約也發出去了。」薩曼懊惱地說。

無法在原定期間出貨上架，這可是有損品牌信用的大事。也許一般企業可以接受延遲，但在班納特家族是絕對零容許。

「這樣啊……」

奈傑爾微微點頭表示了解。他傷腦筋地揉了揉發疼的太陽穴，正當他闔上眼接著思考時，不知怎地，腦海閃過一個渾身散發戾氣，狂傲又鮮明的人影——

那個送他一程的神祕金髮男子。

他想起自己衝到馬路上攔車，對方從車窗探出頭來的模樣……

一頭啞金色的長髮散落在肩上，低明度的冷藍色圍巾，襯托出一股名貴傲人的氣質。

想到此，奈傑爾立刻睜眼，衝進一旁的樣衣室翻箱倒櫃。薩曼還看不懂他是什麼操作的時候，奈傑爾從大綑大綑堆積如山的布料中，翻出一捲編織細膩的水蕾絲，而水蕾絲的顏色，正是與金髮男子的圍巾相似的莫蘭迪灰藍色。

「咦？這不是前年冬裝放棄使用的蕾絲嗎？」薩曼不明白奈傑爾拿出舊品的用意。

「不虧是我搭檔。」奈傑爾笑道。

「我記得前年我們雖然採買了這款蕾絲，最後卻因為色差的關係，有幾卷打掉了，沒使用。」

薩曼接過手，將蕾絲攤在桌上回憶道。

「對，上次採用的是更亮藍的面料。這些蕾絲當初只是顏色不對才沒有使用，不過品質還是非常好的。」奈傑爾點點頭，接著問，「上次淘汰的那些蕾絲呢？應該還在倉庫裡吧？」

「你該不會——我確認一下。」

薩曼深呼一口氣。共事多年，他與奈傑爾早已建立起了非凡的默契，對方一開口，薩曼便猜到了其意圖，於是迅速點開手機，查看倉庫的後台系統。

「還在倉庫，上個月剛點倉，統計有三十三卷。」

「三十三卷？意思是至少有兩千碼布……可以，那樣夠了。」

奈傑爾心中盤算著，說完他想都沒想地一把抓過裁刀，俐落地挑開淡黃色襯衫的縫線，將後背部分的面料剪下，把蕾絲拼接上去。

幾分鐘後，縫紉機喀噠喀噠的聲響停止，柔軟的鵝黃色襯衫與沉穩的灰藍蕾絲，拼成一件正面優雅、背面性感設計的新潮款式。

「噢！我的天！奈傑，你果然是我的信仰、我的神！用蕾絲補足短缺的布料，這樣訂單就趕得出來了！」

看著在短短幾分鐘內蛻變一新的衣服，薩曼兩眼閃爍著崇拜的晶光，滿嘴都是對奈傑爾的讚嘆。

「誇張耶你。」奈傑爾莞爾一笑，他這個助理總愛誇飾說詞。

「天！告訴我，你怎麼想到的？」

「嗯……就靈光一閃吧……」

即便奈傑爾此刻講話有些支支吾吾地，但薩曼完全沒發現，他滿心沉浸在剛出爐的精緻服飾裡。奈傑爾也是，他看著新製的衣服，連自己都覺得這一版改得比之前的好太多了。

此時，奈傑爾又不由得想起那個帶給他靈感，氣勢狂飆的人兒。

「我馬上叫衣廠的人比照更改，還有我們原定下星期播出的廣告標語就改成『春夏隱藏款』如何？我想這款發出去，下預訂的單一定會更多！」薩曼捧著衣服激動地說。

「我沒有意見，姊姊同意就好。」奈傑爾無謂地聳了聳肩。

「你這樣一直被蘿菈牽著走沒好處。」

「哎呀，誰叫她是我姊姊呢。」奈傑爾無奈地乾笑幾聲。

蘿菈．班納特——年長奈傑爾七歲，對經商之道頗有遠見，社交手腕也是一流，現今班納特家族服裝王國的產業全是她一手打理。姊姊蘿菈負責企業運營，弟弟奈傑爾負責時裝設計，兩人在專業上各司其職。

互不干涉，是他們姊弟間行之多年的默契。

「對對對。提到合約，昨晚克柔伊的模特兒公司有來信，催我們要克柔伊的出秀合約。」

「已經要決定了嗎？」

奈傑爾一聽，忍不住皺眉。他雙手環胸，眼瞼垂下，盯著自己的鞋尖若有所思起來。

「你很在意克柔伊？我醜話先說在前頭，我個人是認為她完全沒資格當這次婚紗秀的主要模特兒啦。」

薩曼一語道出奈傑爾心中的顧慮，並誠實表達自己的想法。

首先，第一輪模特兒海選時，克柔伊曾多次對薩曼頤指氣使。當時薩曼就對這個眼睛長在頭頂的女孩頗有微詞，加上現在她又撞壞了自家老闆的車，這下薩曼對克柔伊的印象更雪上加霜。

不管是身為職場合作夥伴的立場，或是以一個爸爸看女兒的角度，還是以個人的感覺，在薩曼心中，克柔伊完全不及格。

「我個人也覺得克柔伊並不合適擔任這次秀的主模，但是姊姊很堅持要用她。」針對薩曼的疑問，奈傑爾也直言不諱。

「又是蘿菈？噢天，奈傑，你能不能堅持一次自己的意見？」

基本上模特兒的人選與合約問題都是蘿菈主導，會在合約上徵求奈傑爾的同意，完全是走個過場而已。每每只要姊姊拍板定案，奈傑爾通常不會有其他意見。

可是，這次……奈傑爾總覺得哪裡不對。

克柔伊美是美，台步也走得不錯，但就是與這次婚紗的設計主題「璀璨」有一股說不出的牴觸感。

「應該說她不具有我所要的氣質呢，還是說她美得有點普通呢？唉……我也說不上來，可是我目前也沒有找到更好的人選。不然你有其他人選嗎？」奈傑爾思考一陣後反問。

這下薩曼被問得乾瞪眼。想來克柔伊會那麼囂張也不是沒原因——她正當紅啊！試問哪家企業主不想分她的流量呢？

「那也只好這樣了。我先聯絡成衣廠改設計，至於模特兒的事你……」

當薩曼話說到一半時，一通電話碰巧打來，隨著通話時間拉長，薩曼的表情也越發陰鬱，最後完全不見他先前眉飛色舞的神態。

「又怎麼了？」察覺到身邊人面有難色，奈傑爾主動發問。

「奈傑，修車廠打來說你的車內部浸水狀況很嚴重，維修的錢拿來買台新車都綽綽有餘，問你要不要直接報廢。還有你的手機也泡爛了，他們暫時幫你保留在櫃檯。」

「是嗎？也是呢，那就報廢吧。」

奈傑爾無所謂地嘟了嘟嘴，反正不是他最愛的車，算了！

他不疾不徐地走到衣櫥，撈出一件暗紅褐色的棉絨大衣套上，拎起背包對薩曼交代：「我先去趟車廠，然後重新辦手機，之後看怎樣再跟你聯絡。」

「你怎麼能這麼無所謂？這筆帳應該要克柔伊自己付才對！」薩曼義憤填膺。

「哈哈哈哈，別幻想了薩曼。」

他們下樓，一同走向店的後門，奈傑爾另外一台專門用來觀星的露營車就停在後院。薩曼一路上到送奈傑爾上車，仍不停叨絮著他對克柔伊的不滿。

然而就在奈傑爾即將開車駛離的時候，精品店內的一位女員工從後門奪門而出，她紅著眼眶，語帶哽噎地跑向薩曼。

「店長……我正要找你……店、店裡……」

第二章

「店裡怎麼了？」

只見女員工話沒說完，眼淚又如洪水般湧出，奈傑爾直覺事情不對，他立即下車，詢問女員工究竟怎麼一回事。

「就是啊，安，妳先別哭啊。」

薩曼輕拍女員工的背，嘗試安撫她崩潰的情緒。

「老闆、店長……店內有位客人，一直說我們賣的衣服是假貨，但……我們沒有啊！」女員工一邊抽泣，含糊不清地解釋著。

「什麼？假貨？」

奈傑爾一聽，揚眉緊蹙。

「不可能有這種事！」薩曼斬釘截鐵地一口否決，疑惑地反問道，「他的衣服真的是跟我們買的嗎？該不會是騙子吧？」

「不是騙子。是跟我們買的沒錯，他還有明細，而且訂單是我開的……」

女店員哽咽地說明。由於BENNET是金字塔頂端的品牌，客戶多半來頭不小，因此女員工對自己開出的每一筆訂單都記得十分清楚。

「所以更不可能有假貨啊！但、但他堅持我賣出去的是假貨，要我賠償……我、我不知道該怎麼辦……」說到此，女店員又傷心地哭了起來。

店裡隨手一件衣服都要她好幾個月的薪水，她怎麼可能拿得出來呢？

「沒事。先別擔心，我去看看。」

奈傑爾摸摸女員工的頭，表示安慰。語落，人已經飛快折回店中。

他一踏入店內，便看見其餘兩位男性職員戰戰兢兢地跪在店中央，不斷嘗試與退貨的客人解釋。

「您好。我是 BENNET 的設計師，也是店的負責人，請問發生什麼問題——」

奈傑爾立即上前了解情況，並揮手示意員工們撤退，然而他在正視退貨顧客時，失去了聲音。

一個戴著墨鏡的男人，倚坐在店內中央一張祖母綠的圓型沙發上。他翹著腿，雙手撐在身旁兩側無聊地敲點節拍，慵懶隨興的坐姿拉長了本就修長高挑的身段。

陽光透過整片的落地玻璃，照耀在那個人一頭澄亮的金髮上，頸肩柔軟的冷藍色絲巾將他白皙的臉龐托映得更加淨透。

「你！」

奈傑爾身軀一震，露出萬分訝異的表情。沒想到要求賠償的客人，居然是載自己一程的金髮車主。他不停眨眼，深怕自己看錯。

「是你啊。」

對比來者吃驚的神情，金髮車主只是慵懶地瞟了奈傑爾一眼。

不過最詫異的非薩曼不可，沒想到疑似騙子的奧客居然跟自己老闆認識！什麼情況？新一季的真人秀？

「你們認識？」

「算認識。」

奈傑爾微微一笑，雀躍地點頭。

「不認識！」

金髮車主卻嚴厲否認。

「咦？」薩曼張著誇張的嘴型，一隻手比來比去，「但是……你剛剛不是有說『是你啊』這句話嗎？」

「我們認不認識干你屁事。」金髮車主從容不迫地嗆薩曼。

一時間薩曼被對方犀利的氣焰飆得一愣一愣的，頓時失去反擊能力。畢竟……金髮男子講得似乎也沒錯。

反觀全體人員被金髮車主的惡氣嚇到打冷顫時，奈傑爾心中卻偷偷竊喜。

不知為何，他有股優越的感覺。這感覺像是養了隻貓，當所有的人都恐懼牠的凶牙利爪時，只有自己知道，眼前的人根本口嫌體正直。

難道不是嗎？說要把他趕下車，但最後還不是把他送回來了。

還等他睡醒。

「你說你叫奈傑？」金髮車主嗆完薩曼，便把目光轉到奈傑爾身上。

「對。」

知道對方果然還記得自己名字，奈傑爾心情莫名大好。

「是負責人？」

「是的。」

「好，那件衣服，給個交代吧。」金髮車主慣例用下巴努了努，意指其中一位男店員手上的一件墨綠色大衣。

到此，奈傑爾才猛然想起自己回到店內的用意。見金髮車主沒多提示，薩曼便用手肘小小推了下女職員，暗示她解釋一下。

原來，稍早在奈傑爾回來後不久，金髮車主就上門了，並拿出這件墨綠色大衣直接要求退貨。員工們倒也不是不讓顧客退款，不過按照行政程序，照慣例還是得問清客人退貨的原由，才能歸屬責任或賠償。因此女職員將金髮車主送退的大衣大略檢視一遍，並沒看出有什麼問題，便開口詢問，沒想到得來的答案竟是——

假貨。

「絕不可能！」

再次聽到這答案，最先爆炸的是薩曼。

身為 BENNET 的店長，上架的每一件訂製衣，無論進店出店都會經過他嚴格把關，假貨什麼是絕對不可能的。

奈傑爾一聽也覺得不對。BENNET 專屬衣場裡的裁縫師傅，每位皆由他親自審核評選，人人手藝爐火純青，技術巧奪天工，要仿冒沒那麼容易。再說，自己品牌衣服的用料，他只要掃過一眼就可分辨。奈傑爾敢斷定，金髮車主送退的衣服絕對是真品。

「請問這是您親自來店購買的嗎？」奈傑爾審視著手中的衣服喃喃問道。

「那是我收到的禮物。」金髮車主翹起一雙長腿，「幹嘛？不是親自買的就不能退啊？」

「當然不是，我現在就為您確認一下。」奈傑爾微笑道。

無論奈傑爾如何有信，在金髮車主的氣勢下只能再求證一遍。

他與薩曼對視一眼，把大衣攤在櫃檯上，仔細檢查每道剪裁、車縫走線等等的細節，以及暗袋內裡底部。BENNET 出品的衣服，口袋內裡底部皆有一枚不到零點五公分的徽章刺繡，那枚刺繡由手工縫製，宛如品牌的仿偽標籤。

而刺繡落針的方式有一定的順序，一般極少有人留心到這點，縱使注意到了，仿冒之人的手上功夫必定要非常高超，否則還真的仿照不了。若是改成電繡，必然能一眼看穿。

經過奈傑爾與薩曼一而再，再而三的重重確認後，證明金髮車主拿來的大衣是真品無誤。

懸宕的心終於落下，薩曼長呼了一口氣。奈傑爾嚴肅的神情也稍稍放柔了許多，他拿起大衣重新摺好，來到金髮車主面前，單膝跪了下來。

「這位客人，雖然不知道您是由何處判斷這是假貨，但我奈傑爾．班納特以品牌負責人的身分發誓，這件是真品沒有錯。」

奈傑爾露出無愧的微笑，真誠地遞上外套，不過一頭金髮的車主完全不領情，只是用鼻子不屑地哼了一聲。

「衷心建議你，你們也算是頂尖的品牌，員工素質麻煩挑好一點。」

「嗯？什麼意思？」

「聽不懂話亂傳，還曲解客人的意思，不想辦法解決問題，還製造更多問題。你花錢請員工，是想布施做善事？還是純粹花錢爽？」

「你怎麼能這麼說話呢？這些員工都在這工作五六年，大家都很專業的。」聽見如此指責，奈傑爾親切的笑容逐漸冷卻，態度嚴肅起來。

「是嗎？既然都做了五六年，那就更不應該了。」金髮男子不以為意地掃了全場一眼，接著說，「第一點，我從未說過這是『假貨』，我只說這件衣服的層次並不符合售價的價值。再來，我叫她賠償是因為出貨單就是寫她的名字，但到我手上的這件，顯然跟店裡的陳列品並不一樣。」

「客人，我們店內陳列的衣服只提供展示跟試穿。如果有需要，會在下訂後，另外製作新的寄給顧客。我們的衣服每一件都是師傅一針一線手工縫製，就連製造釦子的貝殼都是純天然打磨的，紋路當然都不同，所以不可能存在一模一樣的衣服。至於您提到的價格問題……我想品牌的溢價，值不值得因人而異。」奈傑爾語調平穩，禮貌客氣地解釋道。

「沒錯，這位客人，品牌價值是無法量化的，如果您是單以衣服的面料成本為考量的話，我們的售價確實無法達到您的要求。」薩曼緊急跳出來護航。

「你們是聽不懂人話嗎？我都明說『這件衣服的層次不到這個價位』了。」

總使金髮車主戴著墨鏡，但奈傑爾似乎感受到他在鏡片底下翻了白眼。

「你說什麼？」

薩曼的語氣稍稍放低，有些動怒。察覺到薩曼態度的轉變，奈傑爾轉頭使了個眼色，暗示要薩曼冷靜下來。

「這位客人，能否請問……您是指什麼意思呢？」

「就是字面上的意思。」金髮車主努了努下巴。

就在沒人反應到這番話究竟是何種意思時，金髮車主猛然抓過奈傑爾手中的大衣，用犬齒咬斷衣領的縫線，兩手用力一扯，瞬間將大衣撕裂出一道裂口。

客人突如其來的瘋狂舉動嚇得全場人員倒抽一口氣，而衣服裂開的同時，奈傑爾原本和悅的臉色瞬間變成鐵青的豬肝色。

「這是——！！」

奈傑爾緊盯著被撕裂的衣服，震驚到一時失語。

站在旁邊的薩曼察覺到老闆慘淡的表情時，忙蹲下身撥看衣物，誰知這一看，薩曼也傻了。

「我的天！這大衣的內裏！怎麼是用這種便宜貨？」薩曼不可置信地大喊。

翻開大衣的內襯，裡頭縫的是廉價的布材，充其量只能塘塞厚度而已，幾乎不具保暖性。奈傑爾抓著衣服，整個人已經抖到不行，憤怒的情緒幾乎淹沒他。他既震驚又懊惱，尤其在這個金髮的男人面前，奈傑爾感覺自己羞愧得無地自容。

「薩曼，你現在立刻發出休店通知。還有你們幾位今天先下班吧，薪水照算。辛苦了。」奈傑爾揮手發號施令，冷靜的聲音裡夾著自身都沒發覺的顫抖。

奈傑爾難得嚴峻的表情讓員工們大為驚訝。雖說奈傑爾是頗富盛名的設計師，卻完全沒有高姿態，對待員工向來和顏悅色，然而此刻他的表情冷峻到叫人避之唯恐不及。

員工們一刻不敢耽擱，衣服也沒換，各自提了包包就匆匆走人。

幾分鐘後，待所有員工離開，奈傑爾默默關上大門，並拉下所有窗戶的帷幕。他再度折回金髮男子身旁，單膝跪地，露出無奈的微笑用誠懇又歉意的語氣問：

「客人抱歉，我想確認一下店內的衣服。您能等我一下嗎？」

金髮男子沒有接話，只是小小打了個哈欠，拿出手機自顧自地滑了起來。

得到同意，奈傑爾示意了一下薩曼。他們拿著裁刀，毫不手軟俐落地剪開店裡所有的衣服，一件件檢查內裏。果真沒幾分鐘，便陸續找出幾件魚目混珠的衣服。

「奈傑，這裡有一件。」薩曼挑出另一件刷棉的大衣。

「我這件夾克也是……」

奈傑爾拎著手上的衣服，喉嚨越說越乾燥。

看來……這並不是外人造假或偶發的單一事件……

隨著被揪出的衣服愈來越多，籠罩在奈傑爾頭頂的氣壓也一節一節降低。他看著滿地金玉其外敗絮其中的劣質品，臉色蒼白，駭然得難以言語。

不敢相信家族創立的品牌，會在自己手裡出現如此損害信用的天大事情，更無法接受自家引以為傲的裁縫師，居然有人做出這種違心之事。

「可惡！到底是誰幹出這麼惡劣的事？這件事鬧大，很可能會讓班納特家倒閉耶！我非得抓出那個叛賊不可！」薩曼在一旁氣得跳腳，又怒又吼。

「這位客人，非常感謝您的提醒。這件事是我失職了，真的很抱歉。」

奈傑爾沉默了一會兒，轉身走向金髮男子，說完並九十度鞠躬。

「才不是。這件事是我沒做好品管，是我的疏忽，不關奈傑的事。」薩曼上前護主，把錯全攬在自己身上不說，跟著向金髮男子鞠躬表達歉意，「還有這位客人，我為剛才說的話誠心向您致歉。真的非常對不起。」

「我不記得你說了什麼話。」金髮男子簡短答道。

聽見對方如此不計前嫌的回應，薩曼不禁鬆了口氣，心中也扭轉了對金髮男子傲慢的印象，於是接著問：「那個……另外，這件事，是否可以請您暫時保密，請勿宣傳出去呢？我們會盡快做好內部調查，給您一個交代。」

「我沒時間做那種無聊的事。再說，是誰的錯都無所謂吧？我只想快點把事情解決。」

「當然當然！非常感謝您。」

「薩曼說的沒錯，賠償的部分我們會退您所有的費用，以及您這一趟過來的車馬費，並補貼您的精神損失。客人覺得如何呢？」

奈傑爾感激地點頭，扯開笑容對金髮男子提出賠償方案。

「我不需要錢，我只要一件大衣。」

「那……您能等我一些時間嗎？我會親自縫製一套送還給您，我發誓，不會再發生這種問題了。」奈傑爾認真地舉起手對天保證。

沒想到他話剛落，金髮車主居然噗哧一聲笑出來，露出了至此為止的第一抹笑容。

看見那道微彎的潤唇，奈傑爾忽然感到眼前有些恍惚，心跳在不知不覺間……微微加快了速度。

「你也太搞笑了吧？認識你到現在，你一直在發誓。」

「發誓？呃、我……」

奈傑爾頓了頓，回想起自己在車上對天發誓的情景，忍不住輕咬下唇，不好意思起來。

「更何況等你做好，我要等多久？不會等到冬天都過了吧？我現在就要。」

金髮車主收回曇花一現的笑容，變回了不可一世高傲的姿態，任性地要求。

「現在要也行，您可以自由選擇店裡其他的衣服。不過，我現在無法跟你保證其他衣服的質量。」奈傑爾垂頭喪氣，坦言自己的擔憂，「但如果您不排斥……或許您可以挑一件，我們幫你拆開檢查後再車回……」

「真麻煩！這裡不就有一件現成的嗎？」

金髮車主嘖了一聲，打斷奈傑爾的話。

「嗯？」現成的？

奈傑爾皺起眉頭，顯露困惑的眼神。

只見金髮車主挪了挪下巴，目光定在奈傑爾身上那件暗紅褐色的棉絨大衣。

「這套切斯菲爾德大衣的版型看起來不錯，這個布料裡混了馬海毛吧？翻領的配色也挺有品味的。」

金髮男子逕自說著，他壓下墨鏡，露出一雙如鳶尾花的紫色眼球，仔細打量奈傑爾身上套著的外衣。他繞著奈傑爾轉圈，並伸手翻看他脖子的衣領、胸前的暗袋和背腰的剪裁。他看得很認真，絲毫沒有察覺奈傑爾異樣的沉默。

他纖細的手指在奈傑爾身上游走，使他忍不住屏住了呼吸。寬大的黑色墨鏡遮住金髮人兒大半張臉，可他紫藍色的眼球宛如一道神祕的星河，深深抓住奈傑爾的心緒。

他從未親眼見過如此瑰麗的淡紫色眼珠，美麗的雙盼讓奈傑爾難以移開視線。靈魂彷彿隨著那雙眼眸的移動被抽走，直到金髮男子將墨鏡戴回，奈傑爾才重新找回自己的心神。

「我決定要這件。」

金髮男子彈了一下衣領，下了結論。

「呃，你說這件嗎？」他拉了拉自己的衣服示意，露出詫異的表情。

「不行？」

「當然可以。」

「嗯哼。」

金髮男子輕哼了聲，隨後脫下自己的駝色大衣，準備現場換穿。此時被包藏在大衣裡一副修長勻稱的身材展露在奈傑爾眼前，縱使冬日的衣衫不薄，也遮蔽不了金髮男子讓人稱羨的體態。

他的肩與腰既有女人般圓滑的曲線，胸背上也勾勒出男人肌肉的紋理。纖細骨感與鍛鍊得當的肌群搭配出穠纖合度的身形，儼然是副完美的衣架子。

那應該是只有天使才有的身段吧……奈傑爾止不住讚嘆。

不只奈傑爾瞬間看得迷醉，連對模特兒萬分挑剔的薩曼也露出訝異的表情。加上金髮男子方才對大衣的評語，薩曼再次對這傲氣沖天的「奧客」另眼相看。

他不得不承認，這位奧客挺有眼光的。

奈傑爾身上的大衣是他為自己製作的，用料及工藝自然不含糊，確實絕無僅有。另外，版型的部分也做了大幅度的修改，金髮男子能一眼認出是以切斯菲爾德為底的打版，證明他對時裝有一定程度的了解。

分析到此，薩曼覺得眼前的奧客真是越看越順眼，也……越看越眼熟？

「喂。」金髮男子朝奈傑爾勾了勾食指，討要衣服。

「啊！是。」

奈傑爾回神，急忙脫下衣服替金髮男子套上。他站在他身後，兩人挨得更近，落地鏡中映照出兩人親暱的互動。

金髮男子只稍微矮奈傑爾半顆頭，大衣剛好合身。奈傑爾細心地為他拉出壓在衣服下的頭髮，似紗線般細滑的金髮如瀑而下，散出淡淡沁心的植香與些許薄荷的菸草味道。

菸草味道縈繞在奈傑爾高挺的鼻梁前，他感到有些恍然。為了掩飾自己的心猿意馬，奈傑爾趕緊蹲下身幫忙調整衣襬，不禁抬頭好奇地問道：

「那個，請問您……是怎麼發現衣服有問題的呢？您也是從事服裝相關的產業嗎？」

「不是。」

金髮男子低頭凝視蹲在自己腳邊的奈傑爾，唇角勾出若有似無、耐人尋味的弧度。

這是他第二次露出笑容，霎時間，奈傑爾覺得他的薄唇水潤性感，心跳不自覺又加快了幾拍。

「喔，這樣啊。那……您……」

「衣服這東西我一穿就知道。」金髮男子說得自然。

聽了金髮男子的話，奈傑爾如當頭棒喝，瞬間被點醒。

人類的肌膚是人體感受溫度的第一道關卡。老天造人就是如此神奇，皮膚的構造和感知比其他感官更加敏銳，一點點濕度或是空氣流速的差別都能直接影響體感的溫度。

BENNET的冬衣向來以扎實保暖的面料廣受好評，用劣等材質製成的衣物能騙過雙眼與手感的品檢，但絕對瞞不過敏感纖細的肌膚。

保暖於否，一穿便知。

想到此，奈傑爾認真回想剛才檢查時，自己只是把衣物攤在桌上查驗製作工法與扎實程度，卻忽略了面料的垂墜感與實際穿上身的感受。

無視還陷入沉思的奈傑爾，金髮男子邊拉了拉立領，抬頭對著鏡子檢視一番，「這件還不錯，我很滿意。先走了。」

「好……咦？」

沒想到對方會乾脆了當地撤退，奈傑爾一下子沒接上話。他愣愣地蹲在原地，一路盯著他走出店外、拉開車門，坐進銀白的轎車，直到引擎發動的聲音才敲動奈傑爾定住的腿腳。

眼見圓椅上還掛著金髮男子換下的駝色風衣，下一秒他從地上彈起來，抓起遺落的衣物飛快衝出店外，趕在銀色轎車駛出車道的前一刻擋在車前。

「等等！」奈傑爾拍著車窗著急大喊。

車子停了下來，金髮男子搖下車窗，一臉狐疑：

「幹嘛？又要我載你？」

「啊、不是，是……你忘了衣服沒拿……」

聽見對方的問題，奈傑爾不由得尷尬起來，因為這是他今天二度攔截他的車。奈傑爾紅著臉，將大衣遞給金髮男子。

金髮男子沒有接下，只是淡淡說了句：「送你了。」

說完，他升起車窗，準備駕車離開。

「等、等等！我能知道你的名字嗎？」

奈傑爾上前懇切地敲擊車窗，在窗戶完全闔上的前一刻，他彷彿聽見了金髮男子的回應——

「艾力。」

再次目送銀色的雪弗蘭轎車離開，奈傑爾心中莫名悵然若失。他實在說不出為何自己會有如此厚重的失落感……這感覺讓他很不舒服。

他，不想讓那個人離開自己的視線。

奈傑爾佇留在車道上好幾分鐘，直到確定看不見銀色轎車的車影，才帶著失望的腳步回店裡。相較奈傑爾的失落，店內的薩曼正埋首在電腦前，情緒相當高漲。見到奈傑爾進來，他便大力朝他招手。

「奈傑、奈傑！你快來看！」

「看什麼？」

「是他啊，是他！果然是他沒錯！」薩曼飛快敲著電腦螢幕，催促奈傑爾快點移動腳步。

「誰？」

「艾力．奧斯汀啊！」

、「艾力．奧斯汀？」

奈傑爾歪著頭，印象中，他似乎聽過這個名字……

「等等，你說『艾力』嗎？」

聞言，奈傑爾身軀猛然一震——那位金髮車主不是也叫艾力嗎？這麼想著，他再也克制不住雙腳，奔到櫃檯，加入看電腦的行列。

「我剛剛就覺得那個人非常眼熟，但一時想不起來在哪裡看過，所以找了一下資料，沒想到他以前是童裝模特兒。」薩曼兩眼盯著電腦喃喃自語道。

網頁上列著一張張金髮男孩身著各大童裝品牌的照片。相片中的男孩少了墨鏡的遮掩，其清晰的容貌靈動純粹，令奈傑爾大為驚艷。

看著照片裡的男孩明淨澄澈的臉龐，奈傑爾定了定神，赫然想起一件事。

「等一下……他不就是……以前晃點我們的那個少年模特兒嗎？」奈傑爾拋出疑問。

「對！就是他。」薩曼激動點頭，「他就是那個跟我們簽約後，正式上台發表時卻沒有出現的模特兒！」

◇

度過震驚煎熬的一日，夜晚，奈傑爾腳步蹣跚地從店裡回到露營車，簡單淋了浴，沖洗掉今天的疲憊。之後他步出淋浴間，隨手擦了幾下溼漉的頭髮，直接坐在電腦前。

這輛露營車是奈傑爾的得意之作，是由一輛雙層的國中廢棄校車親手改造而來。巴士裡不僅有迷你廚房、小淋浴間、放置在車尾部柔軟的睡床之外，上層的空間還架有天文望遠鏡，這樣他就可以開著車，到處悠然地看星星了。

最重要的是，這輛車裡還安裝了特別訂製的縫紉機、拷克機和一座針線櫃，以及一只簡易的人形架。如此，這就不單單是一台觀星露營車，同時也是一間移動型迷你工作室。

這是專屬他的城堡，不僅是薩曼，連姊姊蘿菈都沒踏足過。

此刻艾力遺留下來的駝色大衣正好端端地披在人行立架上，而奈傑爾目不轉睛地瀏覽著上午金髮男子的訊息。

網頁視窗一個又一個彈出來，不過都是好幾年前千遍一律的轉載報導。

艾力・奧斯汀，具體出道時期沒有資訊，只知道十幾年前他因一組童裝模特兒的試鏡照，驚豔了某家雜誌社，成功闖入媒體大眾的視線中。美麗的臉龐與早熟的氣質，讓他在兒童模特兒圈內逐漸積累名氣。十七歲時艾力轉型成功，出演一場春季時裝秀而廣受好評。正當所有人以為艾力會就此一砲長紅、星途大展時，他卻在那次秀後銷聲匿跡，從此失去音訊。

過後的一段時間裡，也曾有記者試圖追蹤艾力後續的發展，但皆無下文，結果這顆閃耀的新星光芒逐漸削弱，最後徹底消失在眾人的視野。

奈傑爾盯著螢幕，心裡五味雜陳，記憶一下子回到四年前……

話說，那年艾力結束春季時裝周的行程後，緊接著本該出演奈傑爾的個展秀。當時，奈傑爾摒棄舊條，於模特兒選角上大膽啟用新人。百來位參與演出的都是十六七歲的新人模特兒，其中就包括了艾力。所有過程，量身、製衣到彩排都相當順利，然而到了正式登台走秀的那天，艾力卻沒有現身。

那日後台大亂的情景歷歷在目，雖說一時混亂，但馬上就安排了克柔伊遞補，整場秀也算完美落幕。奈傑爾對當天無故缺席的艾力，印象也只停留在模糊的殘影，可不知怎麼的，他白淨的氣質時不時會在幾個深夜時分跳進奈傑爾的腦海中。

這些年，他偶而會想起那個彩排時總有些憂鬱的男孩。

然而奈傑爾萬萬沒想到，當年只有一面之緣的少年就是今日的金髮車主，更意外他與他會以這樣的方式重逢。他一邊回憶，視線一邊不經意地落在艾力留下的風衣上。

從在公路上遇到艾力、差點跌下懸崖，到他現身店內，每一幕都讓奈傑爾感覺自己經歷了一段奇幻旅程。霍地，他鼻息間彷彿聞到一股植木香與薄荷菸草的味道，今早艾力換下衣服的模樣，又無預警地闖入奈傑爾的思緒。

想到他墨鏡底下紫色如銀河般的雙眼，奈傑爾不禁臉部發燙，體內逐漸躁熱起來……不過時隔四年而已，那位男孩已褪去了一身靦腆稚氣，蛻變成身段精實，還帶點性感氣質的男人。

發現自己渾身熱到不行，奈傑爾起身打開迷你冰箱，決定給自己來瓶啤酒降降火氣。

喀嚓一聲，冰涼的啤酒流過喉嚨，降低體內的燥熱，但艾力的身影仍舊占據著他的腦海。

想想，艾力完全消失後，至今過了四年多，推斷現在的他應該二十二歲了……對比過往印象中艾力靦腆的樣子，與今日宛如颶風壓境的姿態根本是兩回事。如此種種，無不使奈傑爾更加好奇，究竟艾力毫無音訊的四年間發生了什麼事？到底是什麼原因，讓他放棄了身為模特兒最為精華的歲月呢？

就在百思不得其解時，突然一通電話驟然打斷了他的思緒。

來電者是薩曼，應該是要回報衣服用假料的追責後續吧。奈傑爾心裡想著，點開了擴音鍵。

『奈傑，我查到是誰在衣服內襯做手腳了。』

電話一接通，薩曼省去招呼，直接切入主題。

「真的……是我們的員工嗎？」

直到這一刻，奈傑爾還是心存希望，希望是哪個外部同業故意做手腳栽贓。畢竟衣服運送會通過物流，所以中間可能經手了不肖份子也不無可能。但是，電話那頭還是傳來他最不願得到的答案。

『嗯……』只聞薩曼的呼吸似乎停頓了一會兒，接著語氣凝重地說：『是盧比。』

「盧比？怎麼會？」

一聽見這個名字，奈傑爾霎時驚訝萬分。

盧比是從祖父時代就一直跟隨班納特家的元老級裁縫師，奈傑爾非常敬重他，而盧比應該非常清楚班納特家嚴謹的製衣規矩才是。更何況這些老員工們，都視身為班納特家族的裁縫師為光榮，怎麼會自毀付出了畢身的榮耀呢？

「為什麼？」

縱使有千千萬萬個疑問，到頭來奈傑爾也只擠得出這三個字而已。

『不只你，我也想知道好嗎。不過盧比沒解釋太多，只說是因為缺錢。我想是為了賺布的價差，所以把原本內襯該用的料子替換掉，轉手出售了。我問他什麼時候開始幹這種勾當的，可是那老頭子死都不肯說。』薩曼越講越火，用字遣詞也粗俗起來。

奈傑爾聽著薩曼的說詞，心裡大嘆一口氣。此時此刻，他真的有說不出口的難過。

「這樣啊……這樣想將可能有瑕疵的舊品招回，都不知道要從哪時開始……」

『真傷腦筋，你說我們該怎麼處理這件事才好？』

「總之，先將盧比停職吧。至於衣品的部分，若之後有人投訴，我們再看要如何處理好了。」

奈傑爾揉了揉太陽穴，無奈地道。

『現階段似乎也只能如此了。我打賭，不會有第二個瘋子敢把這麼貴的衣服撕開了。』

從電話的那一頭，奈傑爾明顯感受到薩曼雀躍的語氣。

「那倒是。看來你對那個『瘋子』評價很高呢！」

『哎呀！在藝術的世界，「瘋子」可是最高級別的稱讚喔。』

「認同。」奈傑爾忍不住莞爾一笑，邊與薩曼通話，邊撫摸著艾力留下的大衣。

他拎起大衣袖子湊在鼻間聞了聞，衣服上已沒有艾力薄荷菸草的輕狂氣息，只剩某種衣物香精的味道，頃刻間，奈傑爾心中感到空落。

『雖然那個艾力很瘋！不過好在他出現了，不然不知道還會有多少假品被銷出去。』

「呵呵呵，你說得沒錯，還好他出現了。」奈傑爾喝了口啤酒，倚在窗邊凝望著窗外的星斗。

此時，湊巧有顆流星劃過夜空。他眨了眨眼，失落的唇瓣揚起一抹淡笑，感覺今夜的星河似乎格外閃動。

『你怪怪的喔。』聽出電話中過分的笑意，薩曼敏銳地嗅出可疑的味道。

「怎樣怪怪的？」

『我以為告訴你是盧比幹的好事，會讓你非常非常非常難過的說，但現在你的聲音聽起來還頗開心的嘛！該不會有什麼好事吧？』

果然！他這個助理從不讓人失望。

「這個嘛……」

他語帶保留，薩曼倒也識相，沒再追問。

『噢，對了！有件事忙得都忘了。』

「什麼事？」

『三十歲生日快樂，我的好夥伴！』

「對耶！是今天！」

收到薩曼的祝福，奈傑爾這才驚覺今天是自己的生日。

『看吧，你果然忘了。』

「因為我沒習慣過生日嘛，不過謝謝你記得，我的好夥伴。」

『這是當然的。好啦，先這樣啦，我女兒在叫我了。明天見嘍。』

「ＯＫ，幫我跟你女兒問好，明天見。」

奈傑爾暖心笑了笑，掛上電話。

即便沒有過生日的習慣，但有人記得自己的生日感覺還是挺不賴的。奈傑爾拎著啤酒，心情輕快地走上二樓，他習慣性轉動望遠鏡，試圖尋找剛才流星劃過的軌跡。

每一個事與願違，都是上天另有安排。

奈傑爾微笑著盯著天空，忽然想起媽媽再婚時對自己說的話，唇邊的笑意更深了。

雖然在生日時發生了盧比這件事，的確令人沮喪，但也不完全都是壞事。

上天關上他一道門的同時，也在另一扇窗前送上一顆星星給他。

一顆閃耀的流星。

他想，他找到最適合出演「璀璨」秀的模特兒了。

奈傑爾抬頭迎接晚風，大力嗅著夜晚空氣中獨有的舒爽氣息。在陣陣涼風間，他似乎聞到了那動人心弦，淡淡的薄荷香氣。

他知道，那是愛情的味道。

第三章

「你說什麼?真不敢相信!你怎麼能把我換掉?奈傑爾你再說一次,你確定要把我換掉?」

克柔伊高分貝的音頻像機關槍,砲轟整個辦公室。

今天是時尚婚紗秀「璀璨」正式彩排前的最終會議,而奈傑爾當眾宣布了一件重大決定——這場秀的主要模特兒,將改由艾力・奧斯汀擔任,並希望與艾力簽訂長期的合約,成為班納特的專屬模特兒。

這消息對克柔伊來說像五雷轟頂,她粉拳緊握,憤恨地怒瞪奈傑爾以及他身旁一副事不關己的艾力。

一早,她與經紀人依照約定,歡天喜地地來到蘿菈的辦公室討論「璀璨」的合約事宜,殊不知反被告知約簽不成,還慘遭撤換主模位置的事。

最離譜的是取代自己的,居然還是個男人!

這讓出道以來一路順風順水的克柔伊如何嚥得下這口氣?

嬌氣的她使起性子一哭二鬧三上吊,鬧得所有人天翻地覆。反觀怒氣沖天的克柔伊,艾力則是面無表情地舉起手來摀住雙耳,保護自己的耳膜,順便用行動諷刺克柔伊擾人的尖叫。見艾力十足十故意的舉動,克柔伊內心越加惱火。

看著克柔伊像買不到玩具的孩子一樣任性地大喊，坐在邊角的薩曼幸災樂禍地在內心鼓掌叫好。

好樣的，他早就看這丫頭不順眼很久了。

「不好意思，蘿菈小姐，這和我們上次商談的內容不一樣。」克柔伊的經紀人出聲嚴詞抗議。

「就是說啊！蘿菈，你們之前跟我再三保證過，璀璨這場秀是屬於我的！」克柔伊在旁邊不甘被弱化，硬是摻一腳，加入質問。

然而這件事不只克柔伊一方無法接受，奈傑爾的姊姊蘿菈更是不滿。她無奈地朝經紀人點點頭，表示要他們稍安勿躁，接著她轉頭朝向奈傑爾指示說：

「奈傑爾，對於你剛剛擅自發表要將璀璨的主模換人，這件事太臨時了。恕我無法同意。」

蘿菈說著，順勢瞥了一眼艾力，眼底閃過一絲外人難以察覺的厭惡。

蘿菈梳著低馬尾，身著一襲大地色套裝，擁有一雙與奈傑爾一樣的水藍色眼眸。雖然眼角浮有幾絲淺紋，但看得出蘿菈也是個美人胚子。只是她打扮端莊亮麗，眼神卻很尖銳，散發出生人勿近的氣場。

「哼，臨時換人的事常常有，並不稀奇，以這個為藉口，恐怕說不過吧？」薩曼悶哼了一聲，率先發言出征蘿菈。

「我們這樣等於違約。恕我無法同意。」

蘿菈與身邊擔任董事的先生柯林一陣交頭接耳，仍一口拒絕。

語落，場面陷入了兩方僵持的窘境。過了好一會兒，奈傑爾幽幽地開口：「我記得沒錯的話，合約也需要我簽名才算過吧？單有姊姊和柯林的簽呈，並不算正式立約。」

「奈傑爾，你……」

聽見奈傑爾的反駁，蘿菈臉色微惱，一時接不上話。不單因為奈傑爾所言是事實，這也是弟弟第一次反抗自己，而且還是在眾人面前。

「奈傑，到底怎麼一回事？你之前對人員的安排不都沒有意見嗎？」

初踢到鐵板，蘿菈只得先暫時放柔態度，細聲詢問。

「之前沒有意見是因為我真的沒意見，可是不代表我失去了反對的權利。」

「是這樣沒錯。但……」

「事實上就是還沒有簽約。」奈傑爾抬眼，正視對向的蘿菈，「這麼多年來，模特兒的事都由姊姊做主，難道身為設計師的我，沒有資格說一次話嗎？」

薩曼說得對，他是該為自己的作品堅持一次了。

奈傑爾硬氣地反問道，並順勢看了薩曼一眼，薩曼則是在桌面下對他比一個大大的讚。

對於弟弟的疑問，蘿菈無言以對，她也明白奈傑爾說得有理，胃部不由得隱隱絞痛起來。她餘光瞄了眼艾力，只見艾力雙腳翹在桌上，低頭滑手機，宛如事不關己，好像這場爭執與他一點關係都沒有。

蘿菈用森冷的眼神盯著艾力……她真心不喜歡這個長得不男不女的男人。如果今天奈傑爾要求換的是其他人，那麼她會立刻答應，不過要求換成艾力，她是絕對、絕對不會同意的。

「奈傑，婚紗秀的時間已經迫在眉睫，臨時換人的話，你衣服來不及改的。」蘿菈委婉勸說，希望奈傑爾能知難而退。

「改服裝的部分絕對來得及，我的能力姊姊應該最清楚。」

殊不知奈傑爾並沒退怯，反而立即回擊。

「這個……」

蘿菈頓時語塞，她當然清楚奈傑爾的能力。實在沒辦法，只好在桌下柯林踢一腳，叫他幫忙。

收到妻子的暗示，柯林挺起胸，緊跟著表達反對的理由。

「我說奈傑爾，你要顧全大局。這次有幾間贊助商就是看中克柔伊才願意出資的，突然換人對廠商不好交代。」

「就是這樣，奈傑。你不可以因為一時的任性而造成廠商的困擾。」蘿菈附和道。

「我才不是一時任性，我是真的覺得艾力的氣質比較符合璀璨。再說，贊助商們是絕對不可能為了模特兒，就輕言放棄跟國際品牌合作的機會。我話先說在前，如果不換人，我會直接宣布取消這次婚紗秀。」奈傑爾祭出條件，決定周旋到底。

「不可以！你不要再鬧了！」

聽到弟弟這般莽撞的回答，蘿菈氣急攻心，用力拍桌，甚至激動地站了起來。

「我不懂，姊姊妳這麼反對的原因是什麼？總有理由吧？只因為克柔伊紅嗎？」

「紅不紅是其次，你難道忘了這個人四年前無故缺席！差點毀了你的秀！你敢保證這件事不會重演？」蘿菈指著艾力，扯出過去他過去曾無故缺席的事，怒飆奈傑爾。

「唔……」

聽聞蘿菈舊事重提，奈傑爾皺眉抿唇，頓時無語。的確，正式上秀時臨時曠工，確實是非常嚴重的黑歷史。可即便如此，奈傑爾仍不想放棄。

「這也許有什麼原因也不一定，而且這次我會親自盯著他。」

「親自盯？你是他經紀人還是誰？你有時間嗎？」

姊弟兩人僵持不下，氣氛越來越僵硬。豈料就在這時，頭頂嘩啦一響，一陣冷意清入肌膚，兩人被無預警地潑了滿身水。

轉頭一看，只見艾力捏著空杯子，一臉不耐地咂舌道：

「嘖嘖，茶而已很不夠看啊，早知道就買咖啡了。」

「你說什麼？你這個人怎麼這麼沒禮貌！」

被潑了一身濕，蘿菈雙眼瞪得和比硬幣還大，充滿憤怒地質問艾力，音頻頓時拔高好幾度。

「我說你們是不是搞錯了什麼？」

「什麼？」

「我是否要走這場秀，不是你們說了算，而是我同不同意好嗎？」艾力鄙夷地將空杯子用勁一掐，丟入垃圾桶中，隨後瞥了蘿菈一眼，「老子現在就回答妳。我、不、接。」

然而艾力才剛說完，柯林便立刻補刀：「好了奈傑爾。你也聽到了，他都說他不接了。況且要一個不男不女的假女人來走秀，台步也不會比真正的女人好，不要把時尚的婚紗秀搞得像人妖秀一樣。」柯林出言勸戒，歧視地說出人妖兩個字。

「柯林，你怎麼能這樣說——」

聽見如此屈辱的字眼，好脾氣的奈傑爾終於露出了怒容。正當他上前與柯林理論之際，一道人影騰空彈起，翩然躍上會議桌。只見艾力踩在長形的會議桌上，踏著如天鵝般從容優雅的步伐，筆直地朝長桌底端的柯林前進。

此刻的艾力邁出的每一步都散發不容忽視的氣焰，彷彿是高貴的女王，走在嘉勉的紅毯上。所有人服膺於艾力王者般的氣息，他走台步的實力在哪裡，已昭然若揭。

「你說誰台步走不好？誰是人妖？誰不男不女？」艾力來到柯林面前，語帶威嚇，居高臨下凜冽地質問有些愣住的男人。

柯林惶恐地看著站在桌上盛怒的人，準備接受被爆毆一頓，然而下一秒，艾力居然抬起腳尖勾住柯林的下巴，衝著他露出一抹魅惑迷人的微笑。

瞬間，柯林的臉部與脖子竟然漲得通紅，流露出痴醉的表情。

「你對我說這些話好嗎？還是說……你是用看女人的眼光看我的呢？」艾力垂下眼，嘴裡吐出無比煽情的語氣。

明知艾力是故意為之，但見到此情此景，蘿菈仍然妒火燃燒，試問哪個女人能忍受老公在眼前被勾引？還是被男人勾引。

「艾力．奧斯汀！你不要太過分！」

蘿菈高聲怒吼，高舉起手掌，欲往艾力打去，沒想到卻被柯林攔住。這下蘿菈更是憤怒，本該落在艾力臉頰的手掌，轉而揮向柯林身上。

無故挨了一記巴掌，柯林男人的面子掛不住，與蘿菈爭執著扭打起來。

原本鬧得不可開交的克柔伊被晾在一旁，徹底成了吃瓜群眾。薩曼對眼前戲劇性的反轉也看得眼花撩亂。果然大戶人家的內部戲碼總是高潮迭起，沒有最精彩，只有更精彩。

奈傑爾也對姊姊夫妻倆的失態大感意外，定在原地，不知該如何是好。

看蘿菈夫妻兩人反目，艾力收起笑容，藐視地冷哼一聲。他翻下桌，拍拍屁股打算走人。

此時，背後卻傳來蘿菈不甘示弱，威脅的聲音：「艾力・奧斯汀，你不要以為搞一下挑撥的小伎倆就可以如願上台，我告訴你，我不會同意的——」

「妳真是聽不懂人話。我已經說了，我不接。」艾力沒有回頭，他逕自推開門，平淡地續道：「況且妳不想我登台，我並不意外。四年前妳不就阻攔過一次了嗎？」

艾力語畢，周圍頓時無聲。儘管他的語調聽不出怒氣，但聲音低啞駭人。

聽見艾力的話語，蘿菈臉色僵硬，緊握著的拳頭瞬間脫力。

「你、你為什麼⋯⋯」

「怎麼？妳以為我不知道嗎？」艾力側著臉，瞥了一眼臉色發白的蘿菈，「妳不喜歡我，我不在意。但請不要把四年前的那筆帳算到我頭上。」說完，他不以為意地扯動了一下嘴角，推門瀟灑地離開會議室。

隨著艾力的腳步聲越來越遠，奈傑爾才從驚訝的情緒中稍微恢復。

「怎麼回事？他說的四年前是什麼意思⋯⋯姊姊妳之前到底做了什麼？」

若非親眼目睹蘿菈心虛的反應，奈傑爾根本不會相信，自己的姊姊居然是四年前導致艾力沒能上台的元凶。第一次知道這件事的薩曼也是一臉驚詫。

依照剛剛艾力與蘿菈的說詞，他們似乎早就認識了？

儘管奈傑爾很想立刻知道過去發生了什麼，可現在不是與蘿菈對質的時候，當務之急是要與艾力解釋清楚。

艾力消失了四年，幾乎等於是退影狀態，要獲得他的聯絡方法比想像中艱難，為了請艾力出演璀璨，奈傑爾可是動員了自己所有的社交人脈，好不容易才從一位資深的演藝經紀人朋友那裡打聽到艾力的聯絡方式，費盡心思邀約才得以今日一見。

誰知竟鬧出這種事……

不行，不可以，他不能讓他的星星就這樣消失！

奈傑爾才如此心想，身體比大腦早一步發出動作，朝電梯口跑去。

「請等一下！」

抵達地下室的停車場時，奈傑爾眼尖地看見銀白色轎車即將開離收費站，奈傑爾想也沒想，一個箭步衝上前，再次堵住艾力的雪弗蘭。

突然有人從車道旁飛跳而出，車內人心驚，慌踩剎車，急停在坡道出口，頓時尖銳的煞車聲與警示鈴激響在整層地下室。

「你找死啊！下次我就直接撞死你！」

艾力降下車窗破口大罵，雖然艾力嘴上的話說得難聽，但與他實際相處下來，奈傑爾明白這個人就是刀子嘴豆腐心。

此刻艾力的額頭上青筋浮起，沒了剛才在人前不以為意的從容。看來之前在辦公室的那番話真的惹他生氣了。

「柯林說了失禮的話，我替他跟你道歉。」奈傑爾氣喘呼呼，急忙解釋。

「你不需要道歉。」艾力冷回。

「就算你不需要，該道歉還是要道歉。我很抱歉讓你有不愉快的談話。」

「說完了？閃邊去！」

「我不要。」奈傑爾依然堵在車前，固執地繼續說著：「還有你和姊姊剛剛說的事，四年前到底發生了什麼？」

沒錯，四年前到底發生了什麼？奈傑爾迫不及待地想得到答案。

「你不知道？」艾力瞇起眼。

「我不知道。」奈傑爾搖頭。

正當奈傑爾開口想說些什麼，突然陣陣急促不耐煩的喇叭聲四起，只見後方來車已經堵成一條長龍，人人紛紛怨聲載道。

「那個……我真的不知……」

「很好，那現在你也不需要知道。滾開！」

艾力一聲喝令，奈傑爾卡在中間騎虎難下，逼不得已只能先撤到一旁。就在奈傑爾後退的同時艾力怒踩油門，猛地撞開柵欄，揚長而去。

艾力就像一場風暴，但凡他經過的地方都會掀起驚天震地的動盪。瞠目結舌的火爆行徑嚇得後頭原本催促的車主們紛紛傻眼，一個個呆下來。

「呃，班納特先生……我們……需要報警嗎？」

警衛不知所措地看著奈傑爾，撿起地上斷了兩截、一命嗚呼的柵欄。

「沒關係、沒關係，他是我朋友！」

奈傑爾草草丟給警衛一句話後，急忙跳上自己的車，迅速追了上去。所幸這區附近都是單行道，在拐了兩個彎後，奈傑爾終於看見前方被紅燈攔下的雪弗蘭轎車。

另一方面，留在辦公室裡的五人面面相覷，對事情演變成如此窘況都感到尷尬不已。尤其是蘿菈與柯林。

「所以現在怎麼辦？這約到底還要不要簽啊？」克柔伊受不了沉默，率先開口質問。

「那個……克柔伊……這件事我們能不能晚一點再談？」

蘿菈揉著發疼的眉心欲言又止，視線落在奈傑爾剛才的座位，明顯有些為難。既然奈傑爾都揚言非艾力不可，否則就會取消秀展，那她這個固執的弟弟必然說到做到。

自幼到大，除了衣服之外，她從沒見過奈傑爾那麼執著於某樣人事。忽然間，她似乎看見父母爭執的場景，激烈衝突的畫面一幕幕閃過腦中，奈傑爾堅決的眼神與多年前父親離家時的眼神重疊在一起……想到此，蘿菈渾身打顫，頭腦感到暈眩，漲痛不已。

「怎麼能晚一點再談？如果不是擔任主模，我是不會簽的。」

見到蘿菈一反先前的堅決，露出猶豫的模樣，克柔伊被逼急了，擺出盛氣凌人的姿態要脅，想以此奪回主位。不料她話剛出，薩曼第一個擊掌叫好。

「太好了！那真是太好了！既然妳都這樣說了，我們當然全力支持克柔伊小姐的決定。」

「薩曼先生，您說這話是什麼意思？請您說清楚。」

被晾在旁邊已久的經紀人立刻跳出來質疑薩曼，刷個存在感。

「意思就是無論今日主模的人選是否是艾力都無所謂，總之妳是無緣了。」薩曼悻悻然回道。

「你有什麼權力代表奈傑爾？」克柔伊嬌斥。

「憑我是他的私人助理。我連他每個月用掉多少保險套都瞭若指掌好嗎？」

「呃……」

聽到這話，克柔伊羞得一時呆住，不知該怎麼回。

薩曼嘖了一聲，繼續說：「我說這位小女孩，我奉勸妳，對人態度好一點，高流量可不是妳的萬能藥。以妳上次劫車又毀車的行為，照理講把妳踢出走秀名單都不為過，只是換掉主要模特兒的位置已經非常客氣了。」

「我——！」

只見克柔伊還想反駁些什麼，遭自知理虧的經紀人制止。

「薩曼，這件事我們還有待商議。」蘿菈說。

「當然，希望蘿菈您能做出無損雙方權益的決定。」薩曼點頭正色說道。

講完，他自行收拾好奈傑爾落下的物品離開辦公室，留下心有不甘的四人面面相覷。

至於蘿菈，她當然明白薩曼話裡的含意。

整路上，艾力因憤怒而全身顫抖，氣到差點扭斷方向盤。

他看了一眼後照鏡中的自己，厭惡地咒罵一聲。

他恨死這張臉了。

這張女人的臉。

縱使柯林在會議室那番羞辱的言論，艾力從小到大聽到耳朵都快聾了，可每每聽到，內心依舊會忍不住泛起怒火。

◇

他不喜歡別人說他像女人，更無法接受他人因長相而輕視自己。

艾力的大腦一片烏煙瘴氣，毫不顧忌地在馬路上橫衝直撞，車速越來越快，活生生上演電影中飛車追逐的戲碼，嚇得跟在後方的奈傑爾捏了好幾把冷汗。當他提心吊膽，猶豫著該加速跟上還是放棄的時候，不知不覺已跟著艾力來到郊區的一處高級住宅區。

這裡環境綠意盎然，人流密集度低，隨著大片的自然景色映入眼簾，奈傑爾浮躁緊張的心情也跟著沉澱不少。

或許是前方的人心情稍微平靜了一些，連帶著車速也放緩下來，這讓跟隨其後的奈傑爾不禁鬆了口氣。接著又開了一會兒，只見艾力的銀白色轎車停進了一所豪華別墅的庭園內，看得奈傑爾十分驚訝。

因為這片區域的每間房子都要價不菲，坐落在此的不是高級公寓就是精緻洋房，或是擁有寬闊私人花園的別墅，有能力在此區置產的都是金字塔頂端的名門政要。

而亞伯・奧斯汀——便是眼前氣派別墅的主人，同時也是這片精華區域的營造業主。市中心有許多高檔的地段皆是他名下的財產，連奈傑爾的平價服飾品牌，有好幾間店面都是向他們承租的。

直到此刻，奈傑爾才驚覺，原來艾力是營造業龍頭奧斯汀家的少爺。

在猜測到艾力的背景後，奈傑爾忽然躊躇起來……雖然自己一頭熱地跟來了，可是突然造訪商業大老的私宅，總覺得有些唐突、不太禮貌。想著想著，他決定先打電話給艾力看看。

想當然，對方沒有接。

在嘗試幾次無果後，奈傑爾頹喪地掛掉電話，他將車挪到花園別墅的斜前方，方便觀察艾力的車況，打算等艾力下次出門時好好解釋。不過才剛萌生這樣的想法，他隨即遙遙頭，覺得自己不切實際。萬一艾力這幾天都沒出門，徹底當個阿宅呢？自己豈不是要等到海枯石爛？

經過幾分鐘的思考及猶豫，奈傑爾決定登門拜訪。

另一頭，艾力將車停進後花園後，手機傳來聲聲擾人的鈴聲。一看顯示是奈傑爾，艾力翻了個白眼，二話不說立刻打開飛航，理都不想理。

他悻悻然地關掉螢幕，下車繞到車頭檢查剛才硬撞斷護欄留下的挫傷，眼見幾片烤漆斑剝，本就陰鬱的心情變得更惡劣了。他背倚在車門旁點了一支菸，煩躁地抽了起來。

菸草焦麻的口感弱化了他的味覺，同時麻木了他灰暗的情緒。艾力大力吸了一口菸草，然後緩緩吐出縷縷白煙，他的視線穿過裊繞的煙霧，眼神空落地盯著前方精心打理的庭園。園周還有積雪沒有清除，融出了滴滴水珠。

不知怎麼的，小時候與母親在院中一起品嘗下午茶的情景一幕幕浮現在眼前。

艾力的母親是位非常美麗嬌媚的金髮女人，而艾力的樣貌完完全全繼承於她。母親生前非常喜愛擺弄花草，將偌大的庭園布置得萬紫千紅。即使過世多年，父親仍舊花費大量的人力與精力，整理這座充滿母親風格的花園，彷彿這裡的女主人不曾離去一樣……

回想著往日重現的情景，艾力陷入了沉思。

他無神地呆望著兩三位園丁穿梭在園中，忙碌地修剪枝芽橫生的槲寄生。隨著多餘的枝葉掉落，一顆顆珍珠般的果實跟著墜落在地，艾力才意識到再過幾日就是聖誕節了，然後今年就結束了。

今年的聖誕節……看來也是一個人過。

艾力胡亂想著，鬱悶的情緒中摻夾著幾分難以覺察的憂愁。就在他感嘆一年將過的時候，花園的斜對角，有位穿著褐色西裝，拄著烏鴉銅柄手杖的老人，正一跛一跛地朝艾力走近，他的身後還跟著幾位隨侍人員，推著馬車造型的點心餐車一齊走了過來。

老人的到來，揉碎了艾力的沉思。

「有事嗎？」

艾力收起鬆懈的表情，瞟了一眼老人，冷著臉問。

「我打算在花園喝下午茶，碰巧經過你面前而已。」老人推了推眼鏡，用蒼啞的嗓子道。

「那就是沒事。既然沒事的話你可以走了。」艾力擺出一副懶得理的表情，不屑地別過頭。

「沒事的話，就不能關心兒子嗎？」老人反問，語調中含著一絲挑釁。

老人正是這座宅邸的主人，亞伯・奧斯汀。雖然年紀才五十後半，不過他襤褸的身軀、如蠟一樣蒼白的臉色，和滿頭斑灰的白髮讓他看起來宛如高齡七十的老者。

「少假好心了，走開。」

「看樣子是沒接到案子吧？」

「少囉嗦。」

「哼，果然我沒出面，你就什麼也不是。」亞伯鄙夷地冷笑出來。

雖然他外表給人大雅之人的氣息，可說出口的話卻讓人心寒。他的態度是那樣輕蔑與不屑，絲毫感受不出為人父的情懷。

本來打算上前解釋的奈傑爾，在聽到他們父子間的對話後緊急停住腳步，下意識將自己隱身於後方的樹叢之間。

只見艾力怒瞪亞伯，咬牙反駁道：「不是沒接到，是我不想接。」

「有什麼差別嗎？結果都一樣。」

「可惡，才不一樣！我現在心情很差。你沒其他好說的就走！」

「什麼都辦不到的喪家犬。」

「你講夠了沒？我沒耐心跟你囉嗦！臭老頭！」

「你！你這用詞是跟我說話的態度嗎？雜種！」

這一秒，原本看似紳士的亞伯瞬間暴怒，他狂吼著抓起餐檯上的熱茶壺往艾力狠砸過去。

「小心——！」

說時遲那時快，奈傑爾的聲音猛然竄出來，在眾人還未反應過來有外人時，他已撲擋在艾力面前，緊接著匡噹一聲，茶壺砸在奈傑爾的頭頂、爆裂開來。被高溫的液體澆了滿頭，奈傑爾一時間分不出從額頭流下的熱意是血還是茶。

硬是愣了幾秒，直到看見眼前糊紅一片，他才確定自己流血了。

「喂喂喂，你還好嗎？很燙嗎？」

艾力見狀驚慌失色，連忙撥掉奈傑爾頭上的碎瓷片，並捧起地上的積雪不停往他頭上蓋，只見晶白的雪花漸漸變得嫣紅，艾力的怒火也瞬間高升。

「老傢伙，你做什麼？」

艾力憤怒到極致，甚至咬斷了香菸。他雙拳掐得死緊，要衝上前理論，不料手腕卻被奈傑爾拽住。

只見奈傑爾拉了拉他，希望他別衝動。

「艾力，我沒事。」

「都流血了，怎麼可能沒事！」

看著艾力為自己生氣的模樣，奈傑爾心底突然感到一絲欣慰，能見到他的這個表情，這一下砸得真值得。

「我不太痛，傷口應該不大，真的沒事。」

「……真的？」

艾力戰戰兢兢地回頭，紫色的眼瞳中隱隱流漏出無比憂心。

「嗯，真的。」奈傑爾微笑地安慰道。

再次得到奈傑爾的保證，氣到發抖的艾力緊繃的肌肉才漸漸放鬆下來。

「哼。」見此，亞伯只是冷哼一聲，對眼前突然撞進來的人，露出藐視的表情：「我還在想是誰呢，原來是班納特家的公子啊，幸會了。」

「呃……幸、幸會，奧斯汀先生……」

「我記得你叫奈傑爾？」

「是的，先生。」

「跟傑森可真像呢。」

「是，大家都說我跟家父長得很像呢。」

奈傑爾拍掉頭頂的雪堆，從地上爬起，禮貌地與亞伯寒暄。不過在對話之中，他也迎上了亞伯冷到發寒的眼神。

只見亞伯一臉唾棄地盯著滿臉是血的奈傑爾，沒有為誤傷了他表示絲毫歉意。

「的確非常像，像到令人不舒服。」亞伯雙手拄著拐杖，態度高傲冰冷。

「呃？請問……」

奈傑爾不懂對方露骨的惡意，正當他疑惑地開口詢問時，亞伯逕自別開陰寒的視線，轉向一旁盛怒的艾力，語帶譏諷地道：

「原來你是去接班納特家的案子？可真有她的作風。」

她？誰？奈傑爾疑惑。

「我接誰的案子不關你的事！」

艾力回覆的語氣相當不客氣，才剛說完，眼看亞伯的拐杖揮舞而來，奈傑爾眼明手快地趕忙將艾力拉走。而那一棍扎扎實實地垂在艾力的銀色雪佛蘭上，車板五金瞬間凹了一個洞，若是砸在人的身上可不得了。

「可惡！我的車！」

「艾力，我們先離開吧！」

發現亞伯的攻擊不是在開玩笑，奈傑爾拉著艾力就想離開。沒想到艾力不從，他咆哮著揮舞手腳，作勢展開反擊。

「離開？離開個鬼！放開我，我要教訓那臭老頭——」

「別衝動，艾力，我們先離開，冷靜下來再說。」

奈傑爾扣住艾力的腰，連拖帶拉地將人撤出那火藥味濃厚的現場。出了花園，奈傑爾把不情不願的艾力塞進車裡，強制帶著他離開。

車子越開越遠，漸漸地，艾力眼中出現了完全陌生的景象。筆直的公路上，兩側零星的灌木叢不斷刷過，宛如重複撥放的無聊影片。可如此單調的景象卻彷彿有股讓人沉靜的魔力，艾力的眉頭慢慢鬆緩下來，眼眸也柔和許多。

發現身旁人的氣氛不再緊繃，奈傑爾也將車速放慢，並打開手機撥放起柔和寧靜的樂曲。

他在做衣服的時候常常聽這類無歌詞的輕音樂，不僅耳朵不會無聊，還能舒緩心情，使自己更投入製作衣服的世界。

過了不知多久，身旁人終於開口，小聲問了句：

「……你還好嗎？」

「還好啦！只有側耳被碎瓷片刮到一點點而已。」接收到艾力的善意，奈傑爾笑了笑。

「我是指熱茶的部分……毛囊被燙傷後，有可能會長不出毛髮喔。」艾力瞥了一眼奈傑爾的頭頂，提醒道。

「喔，我想應該還好啦，其實並沒有那麼燙，很像洗溫泉的溫度。而且你馬上就幫我冰敷了，我想應該不至於被燙到禿頭啦，放心放心，哈哈哈哈。」奈傑爾說完還自嘲地笑了幾聲。

「那哪算什麼冰敷。」艾力低聲吐槽，想起把雪蓋在奈傑爾頭上的蠢樣，「我完全不擔心你是否禿頭，我只擔心你下次再突然衝出來，就真的會死在我面前。不是被我撞死就是被其他人打死，我一點都不想攪進凶案現場。」

經艾力這麼一說，奈傑爾回憶起來才發現，與艾力相遇的這些日子以來，真的每回都是自己跳出去擋的，而這次不只跳出去擋，還把人擄走了。想到此，他不禁竊笑起來。

「笑屁啊？」

「呵呵呵，抱歉，我是笑我自己。也許這樣的死法也是種另類的生命創新呢。」

「真不懂做設計的人大腦在想什麼。」艾力白了他一眼，將臉轉向窗外。

「謝謝讚美，是我的榮幸。」

奈傑爾對艾力綻開一抹超級燦爛的微笑，雖然對方沒看向自己，但奈傑爾感到彼此之間沒那麼僵硬了，於是放膽接著問，「不過……你家的傭人們看到奧斯汀先生生氣，怎麼沒幫忙呢？」

他問得很小心，盡量避免踩到艾力的紅線。即使現在開車的是自己，但他完全不敢保證自己是否會被踹下車，棄屍在路邊。

但出乎預料的，艾力沒有表現出任何不悅，反倒很自然地回答了他的問題。

「喔！他們啊，他們要是幫我的話也會挨打。」

「什麼？這樣很不好耶。」奈傑爾回想起方才那些人的無動於衷，有些驚訝地說。

「習慣就好，不是什麼大事。話說回來你真的沒事嗎？沒有逞強？」

艾力再次比了比自己的頭，意指奈傑爾的傷勢。

「你才沒事吧？你爸爸很常這樣對你？」

「你怎麼知道他是我爸？」

「你們很像。」

尤其生氣的時候簡直一模一樣。奈傑爾在心裡追加。

聽到奈傑爾的回答，艾力先是一愣，然後捧腹大笑起來。

「有什麼好笑的嗎？」

奈傑爾愣愣地皺眉，不懂自己戳中了艾力的哪個笑點。

「沒什麼，我以為他老到你會認為他是我爺爺之類的。」艾力擺擺手，「我只是從沒聽過有人講我和我爸很像，都是說我跟我媽很像。」

「嗯，怎麼說呢……但我並不是在說長相。」

「是嗎？無所謂啦。」

艾力把手背枕在下巴，若有所思地凝視窗外的景色。

與艾力交談一會兒後，奈傑爾試探性地提問：

「那個……你父親好像很討厭我？」

「他討厭的人用一袋咖啡豆都數不完。」

「不會吧！這麼誇張？」

「誰知道。反正他不只討厭你，他也討厭我。」

「呃，抱歉。」

奈傑爾抓了抓脖子，感到有點尷尬。

聽出身旁人的歉意，艾力只是聳聳肩，沒再接話。

「我能問你一個問題嗎？」

發現艾力對於敏感的話題似乎沒有過激的反應，奈傑爾決定再把話題深入一點。

「你已經在問了。」艾力秒答。

「那我改問兩個問題？」

「說吧。」他批准。

「那個，你……認識我姊姊嗎？為什麼你沒有來四年前的秀？你們究竟發生了什麼呢？」

「你好像問了不只兩個問題啊？」艾力哼了一聲挑眉。

「這個……我很抱歉超出了預算，但就是這麼一回事。希望你能回答我。」

「還真是高高在上的發言。不過你幹嘛一直舊事重提？那些你們不都知道嗎？」艾力帶著諷刺感，大嘆一口氣。

「我不知道啊。」奈傑爾搖搖頭。

「少來了。」

「我真的不知道，你們在辦公室的對話我真的有聽沒有懂。」奈傑爾又鄭重申明一次，接著他由眼角餘光看見身旁原本凝望窗外的人，突然表情驚訝地回頭看自己。

於是他轉頭認真地看著艾力，再次慎重問：

「我是真的不知道你們發生了什麼，你可以告訴我嗎？」

第四章

冬日的樹林坡邊，有塊房車公園，其中零散地停著幾輛露營車。

歐美有不少人以車為家，房車公園就是停車安家的據點之一。不過奈傑爾沒有在此停留，而是繼續往林裡開了一段路，最後他們來到一處結冰的泉湖前，停了下來。清澈的湖泊凍結後宛如光亮鏡面，折射出淡金的夕陽以及湖邊跌宕起伏的山陵。

車外，不知何時飄起了雪。奈傑爾降下車窗，感受山間純淨冰涼的空氣。

碎雪隨著冷風吹進車內，落在艾力的臉頰上，融化成點點水珠，像極了眼淚。據艾力所說，他出生的那一天，似乎也是個下著綿雪的日子……

艾力的母親——愛麗西亞，在上個年代是位小有名氣的模特兒，一出道就因為出眾的容貌成為許多名人雅士追求的目標。

雖然愛麗西亞外表是個嬌嫩動人的女子，但內心對事業有比男人還強大的企圖心。

她憑藉姣好的容貌及不錯的交際手腕，從模特兒逐漸轉行成演藝經紀人，穿梭在演藝界和商業圈之間。並利用女人天生的本錢，靠著潛規則攏絡不少高層、權富，積極擴張版圖，讓演藝經紀事業能更加順風順水。

年華老去不要緊，有錢能使鬼推磨。愛麗西亞一路攀升，最後她選擇嫁給亞伯・奧斯汀這個會行走的金庫。

然而，婚姻的枷鎖又怎麼扣得住愛麗西亞的野心。她依然周旋在許多權貴身邊，丈夫亞伯礙於面子關係，也沒有揭露妻子醜陋的事跡。直到愛麗西亞生下孩子後因意外身亡，她荒誕大膽的行徑才真正落幕。

過去因愛麗西亞的關係，破碎的家庭不計其數，其中包含了奈傑爾的家庭。他的父親被愛麗西亞迷得神魂顛倒，甚至為了離婚，願意放棄所有、淨身出戶，讓奈傑爾的母親幾度崩潰。

不過這一切風暴，都隨著愛麗西亞的離世平息下來。

只是外人家的風暴逐漸歇靜的時候，卻換艾力的世界陷入腥風血雨。伴著時間流逝，長大的艾力的輪廓越來越像愛麗西亞，父親亞伯更是把對母親的怨懟及不滿，統統轉嫁在小小的艾力身上，他成了父親的出氣筒，長期生活在語言的暴力當中。

「原來……是這樣……」

得知上一代驚濤駭浪的狗血恩怨，奈傑爾呈現啞然狀態，癱靠在椅子上，久久過後才擠出了幾個字。莫名地，奈傑爾心底有些泛酸，替身旁的人感到難過。

他默默轉頭看著艾力，只見艾力下巴抵在窗框上，無聊地撥玩飄下來的雪花。他的表情看上去相當泰然，甚至能用事不關己來形容，就好像訴說著一段不曉得從哪裡聽來的故事一樣。

奈傑爾感到眼眶有些濕潤，喉間異常苦澀，艾力平淡的反應讓他心疼。

一個人到底要受到多少傷害，才能學會將苦痛視為平常呢？

奈傑爾沒有辦法試想，也想像不出來，他也終於理解為何他們父子關係會如此惡劣，也懂了艾力尖銳火爆的個性全是從小到大被磨出來，自我防衛的本能反應罷了。

「我很意外喔，我以為你說著說著就會哭呢。」奈傑爾打趣地說，試圖轉化內心些微低迷的氣氛。

「啊？我才不會哭呢。」艾力聽到，冷笑一聲，接著道：「是說，你不知道自己家的事才讓我意外好嗎？」

「我知道我爸爸外遇的事情，只是他們在我上小學之前就離婚了，我並不清楚細節。之後我媽媽回到法國的娘家，我爸爸則很少在家裡……」奈傑爾停頓了一下，歪著頭一面努力回憶一面解釋著，「怎麼說呢……似乎從我懂事以來，家裡一直都是姊姊及爺爺主導，雖然爸爸的事不是祕密，可家裡的氛圍給人不許提起這件事的感覺，所以實情究竟如何，我也從來不問。」

「那是一定的吧。」

「我個人是沒什麼，但我想，我爸媽的離異帶給我姊姊不小的衝擊吧。畢竟她當時十幾歲了，正是青少女對愛情的敏感時期。」奈傑爾說著說著，忽然啊的一聲，貌似領悟了什麼，「難道四年前的秀你沒來，是因為……」

「哦？你終於連上線了？」艾力挑了挑眉，「沒錯啊，我沒去是因為當時蘿菈的助理打電話給我，說你的秀改期了。」

「怎麼會……」

儘管先前蘿菈在辦公室的表情就足以證明她作賊心虛，但奈傑爾依然難以相信自己的姊姊會做出這種事。

「我不意外喔，我到現在還記得蘿菈第一次見到我的表情。看到她震驚的嘴臉，我立刻就知道發生什麼事了，畢竟她不是第一個對我露出那種表情的人。」艾力聳聳肩，無所謂地表示：「不過也是我疏忽大意了，那時我經驗不多，沒有再次求證就這樣信了。」

自從艾力踏足模特兒圈之後，不知道遇過多少次如蘿菈一樣的狀況，那些見到他後會露出吃驚表情的人，百分之一千都是源於愛麗西亞曾經入侵過他們家庭的原因。

因此當艾力在事後發現是蘿菈動了手腳，意在不希望他上台後，也沒有多意外。

「我替蘿菈跟你道歉。」

「不必。」艾力秒回。「事情都過幾年了，你的道歉也改變不了什麼，更何況這不是你的錯，這一切都是那女人的問題。」

「那個女人？你不稱呼她母親嗎？」奈傑爾問。

「她沒有那個資格。」

艾力說完，兩人又陷入沉默，一會兒後奈傑爾主動接話：

「但……反過來思考，我想愛麗西亞女士應該是位非常有魅力的女人吧，以至於那麼多人為她瘋狂。」

「那女人就是個惡夢。」艾力對奈傑爾的說法嗤之以鼻，「不知道都死多少年了，還能連累這麼多人，真是衰死了。」

聽艾力說著，奈傑爾尷尬地笑了笑：「但你對父母的事情知道得還挺詳細的，這讓我感覺自己好像不太關心爸媽耶。」

「我不是關心，是聽到不想聽了。那個臭老頭沒有一天不說，那女人跟哪些男人混過，我可能記得比她還清楚。」艾力接著打趣問道，「我還知道那個女人與其他人的許多事，可不只你這們家這一件。怎樣？想聽八卦嗎？」

「那倒不用了，謝謝。」

「是喔，真可惜。那女人搞出來的事情都很精采，這幾十年來我每天聽，聽到我都會背了。」

艾力一臉遺憾，感覺不聽萬分可惜。

但艾力惋惜的表情看在奈傑爾眼裡，多添了幾分疼惜。他知道艾力無所謂的姿態，是掩飾自己傷口的方式。奈傑爾沒有戳破他，只是柔柔地提議，「反正你不喜歡她，那我們就少提她吧！做點其他更有趣的事如何？」

奈傑爾走到迷你廚房，從小酒窖裡拿出紅酒，倒了一杯給艾力，緩和一下彼此的情緒。

「酒窖？好法國人的習慣。」

「感謝我媽媽是個有品味的南法人，裝設酒窖是她的堅持。」奈傑爾也替自己倒了一杯，對艾力隔空做了乾杯的手勢，並指了指巴士上層，「要去上頭看看嗎？今晚天氣不錯，應該會出現好東西。」

「好東西？」

「上來就知道了。」奈傑爾朝樓梯口擺擺頭，邀請艾力上二樓。

巴士上層的車頂全改裝成了透明玻璃，每當夜幕降臨時，整個人好似被星河團團包圍，置身於浩瀚的宇宙當中。

「好美。」

艾力抬頭仰望滿天如鑽石般閃耀的星斗，忍不住出聲讚嘆。

「很美吧？剛好今晚天氣不錯，能見度很高呢。這片湖邊是我偶然發現的，每次有不開心的事，我都會來到這裡看星星。」

「人果然都需要屬於自己的祕密基地呢。」

「是男孩都要有一個。」奈傑爾微笑附和道。

接著他招呼艾力一起到觀星的躺椅上。他把雙手枕在後腦，調了一個最舒服的姿勢。

「我啊，只要看見美麗的星空，無論多糟的心情都會好起來，雖然現實中的麻煩事完全沒有解決，但看見星星的這一刻，任何事我都能夠放下。」

「是喔，那你也能放下對設計的喜愛嗎？」艾力反問。

「哈哈！你就饒過我吧。」奈傑爾苦笑。

艾力勾起一副勝利者的微笑，沒再細問，順手轉動了一旁的天文望遠鏡，逕自看了起來。

「你會用望遠鏡？」

看見艾力熟門熟路，操作得十分順手，奈傑爾感到相當詫異。專業的天文望遠鏡操作有一定的專業度，一般沒有接觸觀星的人是不會曉得該如何操作望遠鏡的。

「我的哥哥有買一台給我。」

「你有哥哥？」

「嗯。」

「也在模特兒界？」

「不是，我哥哥住在台灣，他有他自己的事業。」提起哥哥時，艾力露出了難得的笑容。

「台灣我知道，它在日本下方一點點的位置。不過話說回來，你哥哥的工作很特別嗎？不然怎麼會跑到台灣去呢？」

「他是被領養過去的。」

「呃，領養是……」

「我們的父親不是同一人。」艾力回答得乾脆。

「我很抱歉。」

奈傑爾垂下眼，湛藍的眼眸浮現一抹歉意。

「這沒什麼。」艾力毫不介意地聳肩，幽幽地說：「我們很好，小時候我不知道地球是圓的，只知道台灣是好遠好遠的地方。我天真地以為，只要我有一台可以看到很遠很遠的望遠鏡就能隨時看見他，然後我哥哥真的寄了一台給我，誰知道根本看不見台灣。」

聽聞艾力說起兒時趣事，奈傑爾忍不住噗哧一聲笑了出來。

既然看不見台灣，那就看星星吧，誰知道看著看著竟也看出興趣來了。而艾力的保母也很認同他的愛好，買了一堆天文的書給他。

「你保母對你真好。」奈傑爾露出羨慕的眼神。

「除了我哥哥，她是最關心我的人，不過她在我成年後就退休了。」

「原來你也是保母帶大的孩子呢。」奈傑爾說。

艾力雖身處在語言暴力的環境，導致言語激烈了點，但他沒有極端走偏的原因，有很大一部分是因為有哥哥以及保母關愛的緣故吧。奈傑爾在心裡猜測。

「你也是？」

「對啊！而且我的保母也是個台灣人喔。不過我想，照顧我對她來說只是工作而已，我跟她很少說話。」奈傑爾說著，言語間有些感傷的感覺。

父母離異後，奈傑爾的生活起居全由保母接手照料，只是與艾力不同，奈傑爾的保母純粹把照料孩子當作一項工作，必要時才會交談，平時與奈傑爾並不怎麼親近。

說到此，奈傑爾與艾力不約而同地相視一笑，在這場對話裡他們產生了某種默契。

原來不管父母是否在身邊，不管有沒有保母的關心，他們是一樣的。儘管出生在社會階層的頂端，但他們一樣孤身一人。

一樣寂寞。

兩人都沒再說話，只是一起望著夜空，一邊品著紅酒，品味著外人從不知曉的孤寂。不知過了多久，奈傑爾才隱約聽見艾力細聲地問了句：

「……你媽媽離婚後還好嗎？」

艾力的聲音有些沙啞，語氣很細很飄，就像沒講一樣，不過奈傑爾還是聽見了。聽到對方帶著遲疑的問句，奈傑爾含著紅酒的唇露出淺淺的笑意，他明白艾力的擔心，也知道他剛烈如火的外在下包裹著一顆無比柔軟纖細的靈魂。

「她過得不錯。」奈傑爾看了一眼艾力空了的酒杯，順勢為他重新添了酒，在艾力身邊坐下，

「雖然愛麗西亞女士在我們家的確掀起不小的動盪，不過我認為並非都是壞事。」

奈傑爾的母親是法國貴族的後裔，於青春年華，還不懂何謂是愛的年紀，便順從家人的安排嫁到了富有聲望的班納特家。

「你想想，兩個從未相愛的人結合在一起有多痛苦？」

聞言，艾力沒有回答，只是搖晃著杯中的紅酒，奈傑爾則獨自說著：

「我爸媽的婚姻糾結了很多年，最後因為愛麗西亞女士的出現畫上句點。而我媽媽在幾年後遇到一位國中教師，再婚了。」

「她……再婚了？」

「對，我有去參加我媽媽的結婚典禮喔！」奈傑爾興奮地描述著，「從媽媽看著對方的眼神，我知道她遇到了真愛，我是真心祝福她，不過蘿菈對她再婚的事完全不能接受就是了。順帶一提，我媽媽之後還生下一對龍鳳胎，我終於成為哥哥了呢！」

「那你爸爸呢？」

「他在我大學時癌症過世了。」

「這樣啊……」聽聞此事，艾力微微垂下頭。

「嗯。」奈傑爾點頭，「雖然還在壯年時離開令人很不捨，不過他一生過得很幸福。至少對我而言，他是幸福的。」

「怎麼說呢？」

對於奈傑爾的話，艾力完全想不透。愛上一個不該愛的女人，原本完整的家庭崩毀、變得四分五裂，這樣的人生到底哪裡幸福了？

「他遇到了他的真愛啊！我羨慕他遇到了愛麗西亞女士，並為她製作一件又一件的衣服。他為愛麗西亞做的衣服總是特別美麗，看得出來是我爸爸傾注了所有感情製作的。我也很想體驗一次為了所愛的人親手縫製衣服時，那份沉浸在愛裡的心情。」奈傑爾仰望星空，由衷地說著。

「你果然是腦子被砸傷了吧？遇到那種女人哪算什麼真愛，她又不愛他。」艾力不屑地癟了癟嘴反駁。

「呵呵呵，對大多數的人而言，或許真愛就是能互通心意的喜歡。可是對我而言，真愛的意思是真心所愛的人，跟是不是兩情相悅沒有關係。」果不其然，奈傑爾的這番話迎來艾力唾棄的視線，但他不在意地繼續道：「當然，互相喜歡的話是最好的情況，但即便無緣相愛，也不能因為只是單戀而否定真愛的存在，對吧？」

「單方面地認為對方是真愛什麼的，真不知道你們的想法是純情還是愚蠢。」

「如果你能認為這是純情的話，我會很感謝。」

「是是是，很純情。」艾力回答得敷衍。

「謝謝你認同，你知道嗎？我現在就懷有這種純情的感情喔。」奈傑爾感激地笑了笑，同時緩緩靠近艾力，憑著一絲酒意，他大膽伸手撩起艾力落在顴骨的長髮，將晨曦般的金絲掛回耳後。

他的指尖順著他的耳骨滑落，長期製作衣料而變粗糙的指腹輕觸著艾力的臉頰。艾力沒有迴避他的觸碰，只是靜靜地盯著奈傑爾被酒染得嫣紅的唇。

他們凝視著對方的眼神越來越近，近到能清楚感受到彼此鼻間所呼出微醺的紅酒氣息。

兩縷寂寞的靈魂在此刻交會，奈傑爾主動吻上了艾力，嚐到他口中甘甜的紅酒和苦澀的菸草味道。

下一秒，奈傑爾的後頸被一股勁強勢擄獲，艾力反客為主，積極啃咬起他的唇瓣，回應奈傑爾主動的邀約。兩人的舌頭纏繞，沉浸在一連串心醉纏綿的吻中。奈傑爾被吻得身軀發麻，臉頰因情慾變得緋紅，他癱軟地滑下身，任艾力恣意地壓上自己，縱容自己被對方妄為的唇舌攻陷。

「什麼啊……你一臉想被侵犯的表情。」

艾力用手肘撐起上身，低頭俯視一臉暈紅的奈傑爾。

只見奈傑爾喘著氣，倒臥在艾力身下。被吻腫的紅唇微張，透著汗珠的髮絲散亂在額前，朦朧的眼眸搖曳著令人心癢的媚態。

「可能……我多少有點期待的吧……」

「你都用這種話勾引人嗎？」艾力瞇起眼，強硬地掐住奈傑爾的下顎質問。

「那某人有上鉤嗎？」

奈傑爾綻出一抹微笑，食指曖昧地捲繞住艾力的長髮，將他拉往自己，在耳際遞出細柔的嗓音。

「算有吧……」艾力回道。

即便得到的回答很模糊，可奈傑爾的下腹明顯感受到艾力胯間頂撐的慾望。他弓起身，雙手環上他，迫不及待地送上自己的唇。

「艾力……我喜歡你。」

在迷濛間，奈傑爾呢喃說出告白。但下個瞬間，艾力一把推開他。那力道之大，奈傑爾猛力跌進椅背，撞出砰的悶響。

「什麼？你說什麼？」

艾力一秒酒醒，嫣紫的雙眼睜得老大，不可置信地瞪著眼前錯愕的人。

「我說我喜歡你。」

「你說什麼？我沒有聽懂。」

霍地，情動的氣氛消退，艾力抽離緊貼著奈傑爾的身軀，表情降到冰點。

「沒有聽懂？我以為剛剛說的話已經表示得很清楚了。難道是我語法不對？」奈傑爾茫然地起身。艾力一臉困惑的表情，讓他不禁懷疑起自己的語言能力。

「我說，我、喜、歡、你。」

奈傑爾不懂為何艾力會有此反應，於是認真重複了一遍，但艾力反而更激動。

「你認真？不是氣氛順勢說的？」

「不是氣氛使然。」

「別鬧了，我跟你認識不到一星期。」艾力駁斥。

「我認為愛上一個人，跟認識的時間沒有關係，你說是嗎？」

有人認識一輩子也不見得能愛上彼此，譬如他們的父母。

「我不否認，但你喜歡我什麼？」

「具體我也說不清楚。」奈傑爾低頭，幽幽地說，「但我總感覺我們合得來。」

「只憑感覺你就相信愛情了？」

艾力挑高眉毛，對奈傑爾的說法嗤之以鼻，「我警告你，別擅自用『我們』這個字。我再警告你，不要說你喜歡我。我不想聽。」

「為什麼你不相信愛情？為什麼你不相信我喜歡你？」

奈傑爾輕柔地捧起他的臉，真摯地注視著艾力那對美到令人窒息的嫣紫色雙眼。艾力雖嚴詞拒絕，但他沒有反抗，默許了奈傑爾的靠近。

可就在奈傑爾還想說些什麼時，艾力冷漠地開口：

「我不是不相信愛情，我是不相信人類。愛情不會背叛人，但人會背叛愛情。你說是嗎？」

他冷酷地反問他。就好比他們的父母。

「我……」

剎那，奈傑爾身軀一震，紅潤的臉頰血色盡退。

艾力的眼神跟著冰冷的話語黯淡下來，視線彷彿穿透了維度，正看著另一個外人無法觸及的世界。

奈傑爾當然懂艾力為何會說出這種話語。過去被愛麗西亞介入的家庭，有哪對夫妻不曾在神的面前許諾愛情永恆的誓言呢？

奈傑爾收回手，別開艾力那雙冷若冰霜的眼眸。

「……你說的是。抱歉，是我唐突了。」他失望，卻也無言以對。

「我原諒你。」艾力面無表情地說。

「已經很晚了，我先開車回市內，如果你不想回家的話，這台露營車可以給你暫住，我通常都把車停在服飾店後院，出入還算方便。」

「那就打擾了。」

奈傑爾離開躺椅，走到樓梯口。突然間他止住腳步，回首望著艾力冷漠的背影。

「我很抱歉冒犯了你，不過關於出演璀璨的事，希望你能拋開剛剛的意外，重新考慮一下。」

艾力沒多作回答，只是微微哼聲表示知道。

奈傑爾點點頭，抿著唇轉身下樓，不久後，空氣中傳來引擎重新啟動的聲音。

回程，奈傑爾順道買了三明治當晚餐，還為艾力添購一些基礎的梳洗用具。之後返回服飾店，將車停妥在庭院。

兩人簡單道了晚安，奈傑爾便回到服飾店二樓的設計室。等奈傑爾進入屋內，艾力隨即拉上車裡所有的窗簾，快速洗了個澡之後蜷縮在被子裡。

今天似乎過得特別久、特別累。

看了看手機，不過才九點多，艾力卻感覺已經進入了午夜。

床上的被單散發出男士淡然雅致的薰木香氣，艾力整個人龍罩在奈傑爾獨有的味道中。昏黃的夜燈照耀，他環伺周圍，打量起要叨擾一段時日的空間。

純白的法式花磚拼貼成的小流理臺、整理得井然有序的針線櫃、相當有個性的漆黑拷克機、縫紉機還有刺繡精美的抱枕……露營車的空間不大，但奈傑爾細緻獨到的品味到處可見。

忽然，他注意到駕駛座正後方的拉簾底下不自然地鼓漲，好奇心驅使，艾力翻身下床拉開了布簾——一座簡易的人形立架擺在其中，上頭正套著自己那天一時興起送給奈傑爾的駝色大衣。

只見大衣被燙得整整齊齊，翻領平整，排釦全繫，一絲不苟地披掛在立架上，艾力看著整理得好好的衣服發愣。

此時空氣中似乎還瀰漫著一絲絲酒香，用過的紅酒杯仍留在洗手台，他盯著玻璃杯緣，雙唇不禁浮現奈傑爾唇瓣的觸感。

不可否認，奈傑爾軟唇的觸感比紅酒的味道殘留得更久。

「嘖，真是個麻煩的人。」

艾力咂舌，一面嘟囔一面掏出手機。

而此時的奈傑爾正呆坐在設計室，對著設計稿犯愁。

平時他的設計靈感總是源源不絕，現在卻一點想法都沒有，大腦完全枯竭。他用筆尖焦躁地敲擊桌面，發出喀喀喀喀的悶響，滿腦子都是艾力拒絕自己時，嚴肅的臉龐與冷漠的言語。

在他的印象中，身邊的人被告白時都是一臉歡欣的樣子，就算不喜歡對方，但是知道有人對自己抱有好感，任誰都會感到開心的吧？

原來……不是每一個人都會因為被愛而開心嗎？

奈傑爾思索時，突然，手機的通知聲驚擾了他的思緒，螢幕跳出一則訊息。

是艾力傳來的——

『如果你能給我專屬的換衣間，那我可以答應你，作為今天害你受傷的賠禮。』

看到訊息的這一瞬間，奈傑爾整個人跳起來，像孩子一樣興高采烈地推開窗戶，朝著中庭大喊艾力的名字。

「艾力．奧斯汀——看我這裡——艾力．奧斯汀！我答應你！」

沒想到才剛喊出聲，艾力的電話立刻就打來了。

『白痴啊你！大半夜的，不要隨便喊別人的名字！』艾力一把扯開窗簾，怒瞪著二樓的奈傑爾怒吼。只見奈傑爾在窗邊，開心地對自己揮手。

聽見電話中艾力怒氣沖天的聲音，奈傑爾陶然傻笑起來。太好了，他說話時終於不再是冷冰冰的語氣了。

「嘿嘿！我答應你喔。我只想第一時間跟你說我很開心而已。」

『ＯＫ，我知道了。』

看著奈傑爾呆呼呼的笑臉，艾力沒好氣地大嘆一聲。

「我真的很開心。」奈傑爾再次強調。

『好好好，我知道、知道了。』

「艾力，和我一起創造最完美的秀吧！」

奈傑爾展現出自信的微笑，一對藍眼深深瞅著艾力，對他伸出邀請的手。雖然兩人分處於一二樓，甚至相隔著偌大的中庭，但奈傑爾仍舊能獲住艾力那神祕紫色的雙眸。

投射在奈傑爾背後的光，將他的身影烘托得無比絢爛，就像黑夜中一顆光彩炫目的星辰，這幕看得艾力泛起雞皮疙瘩。他反射性地拉上窗簾，刻意躲避奈傑爾過分耀人的視線。

艾力抱著臂膀緩緩滑坐下來，腦袋嗚嗡一片，不相信自己剛才做了什麼事。他剛剛究竟怎麼了？怎麼會輕易答應奈傑爾呢？四年前不是發誓過不再上台了嗎？自己明明那麼堅決……卻還是為他動搖了……

艾力環住雙腿，下巴輕靠在膝上，回想起過去走在伸展台上的光景。奈傑爾的一句「和我一起創造最完美的秀」，瞬間喚起那份他以為早已熄滅的熱情……

內心的某種情感逐漸沸騰起來。

而奈傑爾看到艾力秒拉上窗簾，以為他又受不了自己的發言，不想再理會自己了，只好聳聳肩無奈一笑，不過這樣的小曲折並沒有抹煞他的好心情。

艾力同意出演璀璨，讓他現在的心情簡直像飛上天一樣，雖然是老套到不行的形容，但卻是最貼切的形容。

一瞬間，原本乾癟枯槁的大腦像吸飽水的海綿膨漲起來，設計的靈感宛如魔法的水泉般源源不絕地湧出。奈傑爾哼著輕快的曲調，拿著筆桿的手不停在電腦上來回畫動，急於將靈感化做實物，專注地為心愛的人設計獨一無二的衣服。

他忘我地投身其中，忽略了時間，直到晨曦來臨。

◇

在蘿菈的默許下，艾力正式加入璀璨婚紗的彩排。理虧在先的克柔伊即便再不甘心，也只能乾瞪眼地摸摸鼻子，退居次位。不過不只克柔伊不滿，甚至一些小模特兒也對艾力有所抱怨。

「那個人是誰啊？有名嗎？」其中一位模特兒帶頭嚼起舌根。

「不知道，之前從沒看過他，不曉得是靠什麼關係突然加進來的。」

「所以說啊，此事講明了這行比起努力，找乾爹更重要。妳看，不只專屬空間，連自己的化妝師都有了。」另一個模特兒插話。

「喂喂喂，聽說是他拒絕會場配給的造型師，堅持用自己私人的化妝師耶，真是大牌。」

「唉呀，真令人羨慕，我看走完這場秀，我也去找個乾爹好了。」

克柔伊也加入話題，意有所指。

「哈哈哈哈哈，好像很有道理耶。」

幾名小模見艾力到場，居然故意嘻嘻哈哈地嘲諷起來。

正所謂三人成虎，流言可畏，不過幾句話立刻讓艾力變成眾矢之的。一字字刺人的語言鑽進艾力耳中，可他彷彿聽不見，只是經過時暗暗看了眼克柔伊，然後面無表情地帶著化妝師逕自走入簾間。

「艾力，你還好嗎？」

一拉上布簾，化妝師便憂心忡忡詢問。

「沒事，習慣了。」

艾力轉動肩膀，鬆鬆筋骨，看似無所謂地回道。

當然，艾力並不是傻子，他明白自己被敵視的原因。一個淡出模特兒圈多年的人，瞬間空降成為主模，導致所有人的順位必須往後延，這怎能不引來眾人的議論和妒忌呢？

但那又如何？他才不在意。出了社會，再怎麼不情願也不得不承認，運氣好也是一種實力。

布簾外，奈傑爾隱身在後台的一角，將艾力遭排擠的困境默默看在眼裡。他來後台，本是想叮嚀艾力一些事情，誰知道卻聽見如此難聽的話。

他也明白給艾力特別待遇會招來口舌是非，不過此舉對他而言也是個很大的賭注。

即便艾力身段良好，過去也有參秀的經驗，但畢竟已時隔四年，對於艾力在舞台上會有什麼樣的表現，奈傑爾全然未知。正常來講，要用未知的人確實很冒險。但縱使如此，奈傑爾在艾力第一次踏上會議室的長桌時，便被他獨特的魅力所折服，奈傑爾知道璀璨這場秀非艾力不可。

只要艾力願意參秀，不管什麼要求他都會盡全力配合。

「吵吵鬧鬧，講什麼廢話！有時間議論別人，還不如思考等會兒秀要怎麼走！」

正當大夥一言一語地奚落艾力的時候，突然有道嚴冷正氣的聲音在後台響起，所有人霎那間寒毛直豎，靜默一片，現場安靜得彷彿連頭髮落地的聲音都聽得見。

後台入口，一個全身黑衣的男人走進來。他虎背熊腰，兩道哥德式圖騰的刺青取代劍眉，氣勢威武銳利。雖然看似懷擁槍火的角頭老大，他卻是璀璨婚紗秀的現場指導，握有模特兒們的生殺大權。

看見秀導現身，所有模特兒各個戰戰兢兢，原因在於這次走秀的指導是圈內出了名的嚴苛，但凡行徑路線有半點偏差或節奏稍快稍慢，都會換來他魔鬼般的犀利痛批，心理素質不夠堅強的模特兒根本無法與這位犀利秀導一起工作。

在秀導的喝斥下，後台恢復原本緊快的工作節奏，沒人敢再說半句話。奈傑爾看了犀利秀導一眼，給了他一個感激的眼神。

沒多久彩排開始，果不其然，才剛過幾分鐘便有好幾個女孩被罵哭了，看得其他模特兒如臨大敵，坐立難安，現場氣氛陷入空前緊繃。

開場結束後輪到艾力登台。由於艾力肩負主模的要職，他一站出來，犀利秀導的眼神立即變得加倍挑剔。在旁的克柔伊看見秀導皺起眉頭，不禁暗自竊笑起來。

誰都曉得艾力已經與秀台絕緣多年，雖然走台步在外人眼中看似輕鬆，但要配合眾多模特兒及秀場配樂來調節台步的節奏，並非容易的事。再者，這次秀導的標準異常嚴厲，連她這個在線的模特兒都免不了被挑個幾句，更何況是身為男人的艾力。

可當艾力正式走上伸展台時，克柔伊及其餘看好戲的人嘴角卻漸漸垮下來。

套上高跟鞋的艾力走起台步來自然優雅，不但身軀柔軟窈窕，完全不見男性剛硬的線條，腳尖落地時也聽不見一絲粗糙的腳步聲，好似超過十公分的高跟鞋與他的雙腿從來就是一體，那麼渾然天成。

艾力上台後的任何一道表情、轉身、回眸，全然沒了男人的影子。不僅肢體表現到位，他每一步的踏點都能精確地踩在拍子上，無須秀導再做調整。如此準確的配合度，讓所有人無不驚掉了下巴。

凡是待這行的人都看得出來，艾力熟練的台步、完美駕馭高跟鞋的平衡力，以及對配樂敏銳的音感，絕非一日可以練成，就連台下的奈傑爾也沒有料到艾力的狀態會這麼好。

不，好不足以形容，是完美。

艾力輕盈如蝶的姿態與穩健的步伐，完美得挑不出一點瑕疵。

就在眾人驚訝之餘，奈傑爾的餘光也瞄到站在後台暗處的蘿菈。只見蘿菈一臉陰鬱地黯淡離場，只剩丈夫柯林繼續監工。

想來在看見艾力傑出的表現後，她最終也不得不認同吧，奈傑爾在心中默默想著。他不只為自己的直覺感到慶幸，也替艾力壓倒性出色的實力感到驕傲。

就這樣，在一次又一次反覆的練走下，彩排終於在傍晚時分結束。轉到後台，每個人精疲力盡地收拾著東西，準備後天的正式演出。此時奈傑爾穿過走廊，跑到艾力面前興奮地擁抱他。

「剛剛太棒了！艾力！我沒想到你女裝的台步會走得這麼好耶！」

「放開我！」

艾力扭動肩膀，掙脫奈傑爾的擁抱。

「啊，抱歉……但你真的出乎我的意料。」

奈傑爾語帶歉意地鬆開手，但依然眉開眼笑。

「我的確有幾年沒走秀，但不代表我就此停滯不前了。再說了，衣服不該設立界線，穿著更無關性別。」艾力蠻不在乎地瞟了眼身旁笑得燦爛的人，一邊冷冰冰回覆，一邊將高跟鞋套上防塵套，仔細地放回鞋盒裡。

他這番話不僅僅是回答奈傑爾，同時也是向周圍存有落井下石心態的某人宣告。

四年前他因故錯失了舞台，被克柔伊頂替，如今他當然要拿回本該屬於自己的位置。

「你說得沒錯，近年來無性別時尚蔚為風潮，模特兒跨性別參秀已經是退不了的趨勢了，無論男模女模都該學習新的模式。」

這時犀利秀導如鬼魅般現身，應和著艾力的觀點。

「的確是呢，我也該挑戰新風格了。」奈傑爾雀躍地說。

「期待看見之後的作品。」秀導點點頭，並伸出拇指比了比門外，「我來是要通知你，前台的布置有部分微調，需要奈傑你做決定。」

「哦？好，我現在就去。」

一聽到布置出了問題，奈傑爾欣喜的表情立刻嚴肅起來，他二話不說，馬上趕往伸展台前。

就在秀導跟著奈傑爾準備離開時，忽然回頭對艾力說道：

「今天表現不錯，請繼續保持。」說完也沒等艾力有所反應，逕自轉身離開。

隨著秀導的腳步聲逐漸遠離，後台又開始你一言我一語，恢復熱絡的氣氛，只有艾力獨自靜靜地定在原地。

得到秀導意外的評語，他心裡又驚又喜，雖說只是句簡略又普通的話，卻是這天最好的評語。獲得了肯定，艾力平淡的嘴角忍不住微微上揚了幾分。

然而沉浸在喜悅之情的艾力沒有注意到，他剛剛小心翼翼收好的鞋盒，不知何時消失在原來的位置……

第五章

後天夜晚，璀璨婚紗發表秀在五星級飯店燈光的照耀下盛大展開。

頂級服裝品牌 BENNET，首次踏足婚紗設計在事前就製造了許多話題。不僅如此，奈傑爾此次指定男模為主要模特兒，並特別打造多款中性風格的褲裝婚紗，搶搭全球同婚熱潮，成功刷爆了新聞版面。

伸展台上，淺紫與深藍的花卉融入一顆顆閃爍微光的水鑽，鋪滿整個天頂，交織出如夢似幻的銀河視覺。空氣中漫著鮮花清香，細柔和紙製成的擬真花瓣灑在走道兩側，整座空間猶若被花朵包圍的溫室，進場的賓客們無不為眼前絕美迷幻的場景發出驚嘆。

隨著賓客入座，樂曲由弱漸強的音效下，正式拉開璀璨婚紗的序幕。

接著幾位體態纖瘦、氣質嬌柔的模特兒紛紛穿著各式婚紗登台，吸引了所有人的視線。此時的奈傑爾隱身在展場一隅，只見他雙眼環視整場，頻頻與耳機彼端的秀導確認作業，確保流程無誤。

換上一身俐落黑西裝的奈傑爾，展現出令女人們垂涎三尺的緊實身材，而他專注於工作、認真的神情也吸引了周圍一些上流名媛的窺視。不過奈傑爾皆用禮貌的微笑婉拒了那些愛慕眼神，將所有的專注力全頃灌在眼前的舞台。

一切都在軌道上，首曲的最後一個音落下，婚紗秀正式結束第一輪，奈傑爾終於稍微放寬了心。不管舉辦過幾次服裝秀，每每正式開場，仍讓奈傑爾緊張不已。

隨著第二輪上演，台下觀秀的賓客都更加期待這次的壓軸之作——星塵。

星塵婚紗的用布特殊，尤其是面料上那抹霧藍到湖水綠的漸層，是奈傑爾與薩曼耗費兩個月的時間才染出來的，世上僅此一匹，就連婚紗上的花樣刺繡及藍灰珍珠皆是手工縫製，從不同角度看都能折射出截然不同的光影，意在創造宇宙中千變萬化的星象。

雖然是有別於制式婚紗純白的款式，但結合艾力的金髮紫瞳後能更顯顏色對比，給人一股衝突的美感。尤其是氣韻，艾力把女性的表情詮釋得比女人還女人。

在試穿時，奈傑爾更確信星塵就是艾力的衣服。他比任何賓客都期待看到艾力穿著星塵正式登台。

然而天有不測風雨，就在進程順利時，忽然陣陣慌張的呼喊在奈傑爾的耳機裡炸開，後台另一頭傳出不小的騷動。

「怎麼了？出什麼事了？」

奈傑爾逼問了幾聲，不過另一端的回應卻含糊其詞，他專注聆聽，在一片吵雜聲裡隱約夾雜著艾力發狂的咆哮。

強烈的不安感催促著奈傑爾，與薩曼秒速奔回後台。

宛如颱風過境的化妝間與優雅的伸展台形成強烈對比，艾力被一群不知所措的工作人員包圍在其中。只見艾力不斷朝一位癱坐在地上的女孩怒吼。

「這、這到底怎麼回事？」

奈傑爾大力撥開人群，快步走到艾力身旁，就在目睹現場時，他忍不住倒抽一口氣。

艾力身旁吊掛在衣架上的星塵婚紗被毀得面目全非，一襲繡滿晶透亮片的裙襬被撕裂了一個破口，襯裙上的流蘇還被扯掉大半片。

看到慘不忍睹的場面，薩曼一時驚愣，但立即恢復冷靜，對傻在原地的工作人員施令喊道：

「閃開、閃開，發什麼呆啊！演出繼續，就位，快！」

沒有錯，現在絕不是自亂陣腳的時候。

在正式上秀時發生這樣的事件，工作人員全都亂了陣腳，不知該如何是好，經薩曼一喊後才各自匆匆返回崗位，頓時只剩一個哭得唏哩嘩啦的小助理。

「艾力！這？」

「這女人偷換我的鞋！」

艾力憤恨指控，把一雙秀鞋猛力扔在小助理身上。

「嗚嗚嗚嗚……嗚嗚……我不知道，我什麼都不知道！嗚嗚嗚……我只是幫人把、把鞋子拿拿進來而已……我真的什麼都不知道……」

小助理撲在地上嚎啕大哭，哽咽得講不出一句完整的話。

原來艾力去洗手間回來，一進更衣間就發現女助理正在開他的鞋盒，他馬上厲聲喝止，誰知女助理被嚇個正著，慌亂之中撞翻了衣架，導致星塵被勾破一個大洞。

但衣服破了還好辦，眼下有更嚴重的難題要解決——鞋子。

鞋子在服裝秀中是看似配角般的存在，實際上卻事關重大。一雙秀鞋不但要襯托衣服，更重要的是貼合模特兒的腳型，舒適好走，才能使模特兒在舞台上盡情發揮走台步的實力，並把服裝的魅力展現到最大值。

由於艾力是男人的關係，所選的秀鞋自然也大上一號，可是被扔在地上的鞋雖然與艾力的同款，但怎麼看都是女人的尺寸。

「說！誰叫妳偷換鞋的？」薩曼質問道。

「快說啊！」見到女助理畏畏縮縮，艾力的怒火飆升。

「我不知道、我真的不知道，嗚嗚嗚……拜託我的那個人也有掛吊牌，是工作人員……我真的只是幫忙而已……我真的不認識……嗚哇哇哇……」被艾力一吼，女助理哭得更加慘烈，她不知道自己只是受託帶東西進來，怎麼會惹出這麼大的風波。

「算得真好。」艾力咬牙切齒地露出陰寒的冷笑。

沒了鞋子，要不是讓艾力赤腳上場，讓人看笑話，不然就是——換人。

以結果而言，究竟誰會做出這樣的事，完全不難猜測。不過那個人千算萬算，也沒算到會發生這樣的意外吧！

女助理哭得再大聲也於事無補，現在最重要的是解決事情。奈傑爾緊揉眉心，對耳麥詢問：「距離艾力出場還有多久？」

『八分五十二秒。』前台的秀導給出無比準確的數字。

前台的秀導給出無比準確的數字。

「算了，妳先離開。薩曼，你們快去找幾雙艾力能穿的鞋，我現在改衣服。」

奈傑爾冷靜地下達指令。

「我知道了。」

薩曼點頭，拖著癱軟的助理飛快撤出更衣間。

『奈傑……沒問題吧？我們是繼續還是……』

耳機裡傳來秀導緊張的詢問。

「繼續！」

沒等秀導問完，奈傑爾便打斷他的話。

這場秀，不論是艾力這個人，還是那身星塵婚紗都是今晚的壓軸，缺一不可。

時間緊迫，奈傑爾快手翻出拉車裡備用的別針與線盒，對艾力說：「你先把星塵穿起來，我看看要怎麼補。」

艾力也知道現在分秒必爭，在化妝師的協助下用最快的速度換上衣服。但此時，薩曼傳回壞消息……現場多餘的鞋子裡，沒有一雙符合艾力的尺寸。

「奈傑，我們該怎麼辦才好？」薩曼焦急地皺起眉頭。

奈傑爾沉重地閉上雙眼，幾秒後再度張開，無奈嘶啞說道：「……換克柔伊上場。」

「你說什麼？」艾力明白奈傑爾是認真要將他撤換掉，憤怒地掐住奈傑爾的雙肩大喊，「你說換人？你開什麼玩笑！」

「現在只剩克柔伊能遞補你。」

克柔伊是第二輪第一位出場的模特兒，現在只有她的時間能替換艾力的位置。

「講什麼屁話！換什麼人？克柔伊的身材跟我完全不一樣！她撐不起星塵！」

「我知道！但沒時間讓你囉嗦了！」

「囉嗦的是你！我能走，我要上場！」

「你瘋了嗎？穿這雙鞋子，你連站都站不起來！」

「我說我要上場，你有意見嗎？」

艾力心頭一緊，激動地扯住奈傑爾的衣領。

「艾力，不要逞強了，換克柔伊上，你走不了幾步的。」

「我說了我要走！既然衣服破了能補，那鞋子小一號我也能穿，沒什麼不一樣！」艾力語氣堅定，死死盯著奈傑爾，誓死不讓步。

「艾力！這不是你一個人的秀！」

奈傑爾跟著咆哮起來。如今箭在弦上，不得不發。

「這也不是你一個人的秀——！」艾力幾乎用全身的力量朝奈傑爾吼回去，掐住他肩膀的指尖也越來越用力。

奈傑爾握拳承接住艾力堅決的視線，兩人對視著，誰也不願退讓，氣氛僵持不下，周遭頓時陷入一陣靜默，只剩掛鐘的秒針喀嚓喀嚓地響。

『奈傑，離艾力上場還剩六分三十六秒。』

「嘖！幫他補妝。」

奈傑爾一聲咂舌，最終妥協。

「yes sir！」薩曼接到命令，催促著化妝師開工。

他們熟練迅速地整理艾力散亂的髮絲、壓粉底、補唇膏。艾力則挺出身，讓奈傑爾繼續縫補腰間脫落的流蘇和破裂的紗裙。他巧妙地利用蕾絲滾邊的抓皺來掩飾裙襬破裂不規則的痕跡，所有人在短短幾分鐘裡拚盡全力。

婚紗秀還在進行中，時間分秒流逝，奈傑爾一面熟稔地將針穿線，不出幾分鐘，本來殘破無望的婚紗，在奈傑爾力挽狂瀾下補回了有模有樣的狀態。

被撕裂的婚紗就如同被揉皺的紙張，無論怎麼縫補都不可能像剛開始一樣完美無暇。雖然只是用簡易的結勉強將衣型撐住，但僅在幾分鐘內就能將嚴重破損的婚紗做出如此大的調整，足以證明奈傑爾內涵了多少實力。

艾力低頭盯著奈傑爾認真的臉龐，見一滴滴焦心的汗珠沿著他稜角分明的下顎滑落鎖骨，流進胸口，艾力忍不住抿緊雙唇。

冰涼的針尖與修長的手指在艾力腿間來回滑動，最後奈傑爾將臉湊近艾力大腿內側，張口咬斷那如絲的縫線。

這一秒，艾力的呼吸近乎停止。

『艾力準備！』

耳機發出秀導的叫喚聲，宣示時間終止。

「只能暫時應付了。」

奈傑爾語重心長。修補過的地方與原設計的側身剪裁有段差別，但此刻沒有更好的選擇了。

艾力則呼了口氣，收回落在奈傑爾身上的視線起身，伸出腿，套上那完全不合腳的鞋。不過重心落上腳掌的瞬間，艾力就痛到冷汗直飆，硬質的高跟鞋如同千金的枷鎖般，牢牢扣住他的腳踝，每走一步都磨擦出令人頭皮發麻的痛楚。艾力咬牙忍著，一跛一跛地走出後台。助理不斷請示的眼神、吵雜的後台、懷疑的氣氛，一連串的不安朝艾力接踵而來，艾力扶著背板牆，閉起眼深呼吸，試圖壓下自己劇烈起伏的胸腔。

就在離出場剩不到三十秒之際，奈傑爾突然衝出化妝間，一把拉住艾力。

「還是算了吧！」

奈傑爾滿臉愁容。此刻他並不擔心自己精心策畫的秀泡湯，他只心疼忍痛上場的艾力。他不確定自己讓艾力上場的決定是不是正確的，他只知道自己不想讓他受傷。

殊不知這時艾力卻猛然轉身，伸手抓住奈傑爾的胯下，並收緊五指威嚇道：

「敢攔我你就死定了。」

「艾力，我——」

奈傑爾還想說些什麼，剩下的話語卻被艾力的唇堵回去，溫熱的舌竄進他的口腔裡，攪得他腦袋發暈。

「不是說好要一起創造最完美的秀嗎？」艾力柔聲詢問，他的雙唇貼在他耳骨，用耳麥收不到的氣音曖昧低語道，「讓我上台，我就上你，奈傑。」

「我……」

他的話瞬間讓奈傑爾失神，忘了回應。

這時助理舉手，示意艾力就位。

眼角看見助理比出進入倒數的手勢，艾力將身軀從眼前的男人身上抽離，挺起胸準備出場。

三——

二——

「準備。」

艾力閉眼，撒了銀粉的長睫緊貼著下眼瞼，他的心臟彷彿要撞碎肋骨般的劇烈跳動。

「ＧＯ！」

一聲令下，艾力睜開迷離紫色的美眸，同時回頭望了一眼奈傑爾，隨即轉身撲向花海舞台。

那是僅僅不到半秒的回眸，卻令奈傑爾心臟劇烈怦跳。

他呆愣在原地，唇上似乎還能感覺到艾力殘留的溫度。

艾力現身在聚光燈下的剎那，他獨有的雌雄難分的氣質，美得讓所有人為之屏息，比女人還精秀的五官令台下眾人瞬間傾倒。

秀台兩側的螢幕牆映出了艾力從容自信的微笑。

艾力的笑容溫柔自然，就好像剛剛在後台發生的一切都與他無關。沒有針鋒相對、沒有意外算計、沒有任何疼痛。

水鑽高跟鞋、手工繡製的高檔亮片蕾絲、精緻的妝髮完美襯托著艾力臉上的笑靨，他神情嬌羞得就像準備迎接一個男人為自己立下的誓言一樣。

看到台上閃閃發光的艾力與剛才忍痛的他判若兩人，奈傑爾的眼神遲遲無法移開，而薩曼並沒有錯過奈傑爾意味深長的眼神，在心裡偷笑了一下。

艾力一步步邁向秀台中央，就在一切看似順利的同時，尾段的嘉賓隱約騷動起來，奈傑爾收回沉醉的心，機警拉過耳麥警示：

「秀導，注意一下5B，情況不太對！」

『報告，好像有賓客發現艾力的衣服有異樣了。』耳機裡傳來副導焦急的聲音。

「這麼快？」

奈傑爾往台前望去，果然已經有些人正皺著眉頭竊竊私語。艾力不過才走到伸展台的三分之二，右側台下就開始交頭接耳、躁動起來，顯然有人察覺不對勁。

儘管奈傑爾已經將裙襬的裂痕掩飾得非常巧妙了，但終究難逃一雙雙在時尚圈打滾多年的利眼，以及可以把畫面放大放大再放大的智慧型手機和兩面液晶牆板。

「場控呢？打散光——！」

奈傑爾自知瞞不住，卻還是想利用聚光源切換的效果，轉移觀眾視線焦點。

只不過還來不及下令，接下來的發展讓所有人措手不及——伸展台的盡頭突然傳出布料撕裂的聲響，奈傑爾沿著聲音，錯愕地看著舞台底端的艾力。

只見台上的艾力居然一改清純面容，換上嫵媚眼神，配合音樂的一節頓拍，動手撕扯裙襬。

隨著綢緞撕裂的聲響，禮服的開岔曖昧地停在大腿根際，霎時間，一雙被黑絲襪包裹的大腿展露在眾人眼前，雙腿間只剩一段蕾絲虛掩著，私密處若隱若現，大膽的行徑引來眾人驚呼。

艾力微微低頭咬著下唇，曖昧地勾起唇角，順勢將臉往上一揚，摘下裝飾在頭上的寶石花圈，接著他長臂一揮，將花圈拋給觀眾席的女星名媛，一下子所有人的注意力全集中在花圈畫出的完美拋物線上，宛如丟捧花的場景引來台下女孩們搶接的本能。

微捲的長髮宣洩而下，展現出媚骨天成的姿態。艾力指尖滑過前額，撩撥一頭波浪捲髮，模樣妖嬈，惹人無限遐想。他朝台下拋了一記媚眼，接著繞身折返。輕挑大膽的步伐使兩腿間的私密部位隨著跨步呼之欲出，展現與出場時截然不同的嫵媚氣息，整個顛覆了新娘給人純潔神聖的形象。

眾人無不驚豔於艾力突然的挑逗之舉，台前與台後都陷入一片沸騰、情緒高昂，整場秀氣氛瞬間攀至高峰，艾力不僅成功地掩飾了婚紗破損，還反之利用，並扭轉劣勢，完美引導觀眾認為這是場意外的驚喜秀。

尤其是男人們各個從專業欣賞的眼神，換成了動心起欲的神情，讓台後的奈傑爾看得又急又恨，不過他完全能體會那些男人的心情，只因自己也深深為他著迷。

模特兒要有令人過目不忘的魅力，而真正的模特兒更要具有抓住人心的影響力。

奈傑爾明白，艾力是天生的模特兒，不管台前台後，他都具有讓人臣服於他的魅力。

他看得有些恍然，一雙墨藍深邃的眼珠，牢牢鎖定在台前那典雅又熱情的人影，久久無法離開……

他，早已臣服於他。

◇

寂靜灰暗的地下停車場中，角落的一輛露營車中卻不平靜。

狹小的空間裡，水鑽高跟鞋散落在走道上，車內有兩人正上演一齣翻天覆地的激情。

奈傑爾與艾力唇貼著唇，相互吸吮對方口腔中的濕液，慾望的軟舌交互纏捲著，急切地探索彼此。奈傑爾捧住艾力的臉龐，聞到淡涼的薄荷味道，他開合著嘴，不停吸啜著艾力的唇與舌，毫不掩飾他對眼前人的渴求。

艾力的雙手則大力抓摟奈傑爾的腰幹及臀部，將他緊緊扣向自己。艾力親暱地咬著懷中人柔軟的唇，積極回應奈傑爾溢滿而出的情慾。

車內不斷吹送強烈的冷氣，依舊無法舒緩兩人飆高的體溫。直到即將窒息，兩人才不得已將唇離開對方，口中的唾液牽出一縷曖昧的銀絲，順著奈傑爾的嘴角流淌至下顎、頸部。

他們身軀緊靠，膨漲的分身頂撐著雙方的下腹。艾力一手掐著奈傑爾因慾火泛紅的後頸，一手往他早已蠢蠢欲動的後庭探去。

隔著衣物，艾力的手指在奈傑爾股間來回撥弄，時而按壓時而揉捏，惹得奈傑爾渾身打顫。即便相隔一層布，奈傑爾仍清楚感受到艾力指尖的溫度。體內燃起的慾望哪禁得起如此刻意的挑逗，動情的穴口每被艾力的指腹刮過一次就緊縮一次。

隨著艾力手指力道的加深，奈傑爾的呼吸逐漸厚重起來，一雙碧藍的眼眸也越發迷濛。

「又是一臉想被侵犯的表情。」

「我——」

艾力的嗓音傲慢又誘人，像甜膩的奶茶流遍全身，奈傑爾彷彿融化在糖漿裡，動彈不得。

艾力勾起唇，滿意地看著眼前意亂情迷的男人，不給奈傑爾接話的空間。他伸出舌尖，像遊戲般地舔弄起身下人稜線分明的下巴、喉結，惹得奈傑爾輕顫不已，最後他慢慢將唇貼近奈傑爾的耳垂邊低喃：

「好孩子想領取獎勵，是不是該先付出努力呢？」

艾力說著，巧舌一面緩緩舔舐奈傑爾發紅的耳廓，一面撕開剩餘的裙襬，露出穿著黑絲襪的下半身。

因應上台走秀時力求腰線貼身，才能展現婚紗最完美的線條，所以艾力的絲襪底下並無穿著任何內衣褲，連輕薄的三角褲都沒有。此時他充血的陰莖挺翹，隔著薄薄的紗網若隱若現。

「奈傑，別讓我失望。」

叮囑完，他按住奈傑爾的頭，緩緩把他往下壓。艾力叫喚自己小名的語氣微啞撩人，勾得奈傑爾無力反抗，他配合地蹲低身，乖順地趴跪在艾力兩腿之間。

艾力將覆蓋著絲襪的硬挺性器抵在奈傑爾面前，並晃動臀部，用膨漲的硬物來回摩擦身下人的臉頰。熾熱的男性物體在絲襪底下隆起一道傲人的弧度，興奮的汁液不斷從性器前端溢出，在絲襪上染出點點印痕，也沾溼了奈傑爾的臉頰。

奈傑爾張嘴，輕輕舔咬眼前腫漲的性器，並上下擺動頭部，順著莖柱的走向來回挑弄著。

突然，一陣撕裂聲響，只見艾力兩手一拉，將絲襪扯開一個破口，瞬間繞著青筋的巨物彈跳出來，重重打在奈傑爾的臉頰上，男人的兩顆重點部位也跟著裸露出來。

「嗚！」

奈傑爾先是一愣，接著雙手扶著艾力的大腿，主動舔含起他發燙的囊袋，讓它們在自己濕潤溫熱的口腔轉動。奈傑爾的嘴一下輕吮一下重吸，節奏與力道把握得恰到好處，渴望自己能給艾力最高的享受。

然而不知怎麼地，奈傑爾眼前驟然浮現艾力壓軸上台的情景。想起台下男人們的雙眼在看到艾力撕開裙襬後，每隻眼睛都目不轉睛地盯著艾力的腿間，紛紛從紳士的目光轉成貪婪的眼神。

那些男人貪慾的神情讓奈傑爾感到不悅。想到此，他不由得妒火中燒，更賣力地張嘴吮舔，討好著眼前紅漲的性器，而他技巧性挑逗的結果，如預期般反應在艾力的呼吸聲上。

哪有男人受得了如此刻意的撩撥？

下體被吸啜的力道輕重交錯，艾力的氣息也漸漸厚濁起來。修長的手指沿著奈傑爾的太陽穴慢慢梳開他的髮絲，並環住他的後腦勺，閉上眼，享受奈傑爾溫熱的口腔帶來的快感。

「你的技術也太好了吧。」

艾力重重吁了口氣。口吻不知是讚賞還是質疑。

「我比你大，說經驗少也沒道理。」

奈傑爾吐出腫漲的硬囊邊舔邊說，曖昧的唾液淌出嘴角。

「也是。不過這句話讓人有點忌妒幫你累積經驗的人喔？」

艾力收緊下盤，讓自己的性器抽離奈傑爾口中，故意吊起對方胃口。

「請不要在意過去，我保證以後只有你享受得到積累的果實。」

奈傑爾抬起醉眼，望著艾力因舒服而鬆軟的表情，內心難掩欣喜地回答。畢竟喜歡的人在自己嘴裡舒服得喘息，那是多麼興奮的成就感，更何況是得到愛人的稱讚。

「是嗎？那展現給我看，奈傑，我想要看更多。」

艾力的食指勾住奈傑爾被愛液沾濕的下巴，輕聲曖語道出讓人害羞大膽的命令。艾力的要求羞恥露骨，卻又似催眠一樣令人難以抗拒。

過分的情慾融化奈傑爾的大腦，他微醺地點點頭，伸出軟舌，殷勤地沿著艾力青筋浮起的性器根部往上舔，最後一口含住聳立陽具的頂端。

彈力柔軟的舌裹住艾力敏感的龜頭，強烈的舒爽感讓他忍不住擺動下盤。而奈傑爾宛如一個嬰兒嘬著嘴，不停地吸吮艾力鈴口端因興奮流淌出的汁液。嘴唇與莖柱摩擦發出陣陣噗啾噗啾的啜聲，加速分化艾力的自制力。

在一次較為深入的吞吐後，艾力渾身一抖，強按住奈傑爾的後腦，將下腹重重壓進他嘴裡，同時腰桿猛勁一推，把自己的性器擠送到奈傑爾稚滑的咽喉中。

窄嫩的喉道被猛然破開，奈傑爾一瞬間無法呼吸，發出痛苦的咳嗽聲。他只能滾動喉嚨將艾力的莖柱吞嚥得更深入，換取一絲呼吸的機會。然而炙熱膨漲的性器劃過喉顎深處時，彷彿有股高強的電流從喉間竄過四肢百骸，直擊奈傑爾下盤。

都說口腔是人的第二性器官，此時奈傑爾充分體會到了這個說法。

這一秒，他堆積的慾望噴出，胯下頓時濕黏一片，滲出了褲底。

「你果然沒讓我失望。」

眼見奈傑爾的性器沒經過任何愛撫，用嘴便達高潮的樣子，艾力高挺的凶器硬是在他口中漲大了一圈。艾力咬緊下唇，忍著想強力抽插的衝動，給奈傑爾緩衝的空間。可男人渴望駕馭他人的天性，卻促使艾力更加猛烈地頂刺奈傑爾狹窄的喉道。

同是男人，奈傑爾根本難敵性愛的刺激，他胸腔劇烈起伏，睜大雙眼，感受口中灼熱的硬物強硬地一遍又一遍刷過發癢的上顎，隨著艾力一次又一次的深入，釋放過慾望的性器越發膨漲難耐。

「嗚……嗯、嗯……」

奈傑爾忍不住解開褲襠，紅著臉，伸手套弄起自己的下體，微微哼出撩人的鼻音。

然而，光是撫弄前端已不足以應付奈傑爾體內燃燒炙熱的慾望。他的手臂繞到背部，自己把手指探入後穴攪弄起來。沾裹精液的指尖一下就沒入兩臀間的穴孔，並發出淫靡的水聲，同時唇齒之間也溢出斷斷續續難耐的呻吟。

見到如此美景，艾力嘴角勾出一抹不懷好意的笑意。他從奈傑爾口中抽出性器，並逕自往後退到車子底部的床上，舒服地往後仰躺，好整以暇地瞇起眼欣賞奈傑爾發浪誘人的表演。

而奈傑爾發現艾力在觀看自己，臉部的潮紅更深，呼吸隨著羞恥感增加越漸紊亂。不過此時快感早已凌駕了理智，即便感到羞恥，他也停不下來。

「嗚嗯……我可以領獎勵了嗎？我……我是好孩子吧？」奈傑爾顫抖地跪在地上，一面迷離地望著艾力，一面哀求。

不過艾力並沒有馬上回答奈傑爾的請求，紫色的眼瞳散發出耐人尋味的神情。過了一會兒，幾乎在奈傑爾要迎來第二次高潮之前，他說：

「好孩子，過來吧。」

這道命令叫停了奈傑爾即將攀頂的慾望，彷彿艾力特意在等待這一刻似的。

此時的奈傑爾根本無力起身，他順從地鬆開套弄自己前端的手，緩緩往艾力的方向爬去，這當下他猶如一介卑微的奴役，臣服於高高在上的君主腳下。

充血勃起的性器被溼黏的體液染得晶瑩，隨著奈傑爾的移動左右搖擺，鈴口還不時罪惡地泌出汁液，一路從車前滴落到車尾。奈傑爾每往前一步，腦袋就暈眩一次，下體積慾的焦躁宛如一把烈焰，燒得他全身狂顫。

此刻奈傑爾的表情因渴求慾望而微醺，眼睫因慾火難耐而煽情，艾力非常滿意他的反應。男人的反差總是這麼迷人，尤其是像奈傑爾這般，檯面上儀表非凡，私底下卻渴求被人支配的男人更叫人勾心。

車頭車尾不過短短幾步的距離，奈傑爾卻感覺像是幾百公尺那麼遠，好不容易爬到床邊，整個人幾乎快虛脫了。

奈傑爾確實累壞了。

在看見艾力彩排的表現後，他靈感迸發，臨時加製了兩套褲裝婚紗，又趕在婚紗秀前把衣服全數改完。為此他已經兩天沒有闔眼，除了補充水分，幾乎沒時間吃飯，體力耗損不說，剛才秀場的突發狀況又磨去了大半的精神。現在又要克制慾望，等於抽掉了奈傑爾最後僅存的氣力。

這些艾力當然知道，他補償似的在奈傑爾額頭上啄下一吻，接著空出手臂，將奈傑爾從地板上整身撈起。

「等等、等——！」

疲累的奈傑爾突然被騰空抱起，嚇了一跳，眨眼間他已經被搬到了床上。

「不要小看模特兒的肌耐力。」看出奈傑爾的驚訝，艾力哼笑解釋。

對於職業的模特兒來說，身體就是吃飯的工具。除了維持好看的線條，為了擺出常人難以辦到的姿勢，模特兒們都必須擁有高度掌控自身每一吋肌肉的能力，體能訓練自然不能少。

艾力當然也不例外，即便肩頭比奈傑爾微窄了一點，但精實的身軀蘊含著驚人的力氣。

他剝去奈傑爾的外衣，貪婪地看著眼前因情慾泛著潮紅的身軀。艾力伸手一邊搓揉肌肉飽滿的胸部，一邊啃咬奈傑爾胸前熟紅挺立的果實，在他淡焦糖色的肌膚上留下一道又一道曖昧的紅痕。

「嗚……」

胸前陣陣搔癢，又酸又麻的歡愉從胸前蔓延至下半身，奈傑爾舒服得都要暈了，他的手忘情地勾住艾力的脖頸，一路滑過他的肩窩，想替艾力脫下衣服。不料，卻被艾力嚴厲喝止。

「不准脫我衣服。」

「為……什麼……」奈傑爾立即定格，眨動雙眼不解地問。

「沒有為什麼。」

艾力語氣暴戾，扭動肩膀作勢甩開奈傑爾的手，而他選擇不多問，改將手指滑過艾力細緻的髮梢，最後指尖繞纏住那縷閃耀的金絲，怯聲詢問：「那我不碰。我是好孩子，那好孩子可以領獎勵了嗎？」

「當然，你表現得很棒。」

好似為剛才嚴厲的態度賠罪似的，艾力一面溫柔地吻著奈傑爾，強勁有力的手臂托高他的腰，輕柔地將他放倒在床上。

「真的？」

「真的。接下來交給我，你只要『叫』就好——」

艾力說話的同時，兩手迅速箝制住奈傑爾的腳踝，扒開他癱軟的雙腿，接著臀肌拱緊，毫不遲疑地將昂翹的肉刃用力頂入奈傑爾的後庭。

「咿啊——！！」

瞬間，奈傑爾感受到自己被強力擴張、插入、填滿，他浪叫一聲，整個人頓時抽搐起來，性器前端的小孔激射出一道濁白的慾望。

「不會吧？這麼準？看來我們身體很適合呢！」

濕軟滑彈的肉壁因突臨的快感瞬間收緊，絞得艾力悶哼一聲。他露出有些痛苦又有些興奮的微笑，跟著開始扭動腰桿，讓龜頭反覆摩擦奈傑爾體腔中那顆淫穢的開關。

而奈傑爾睜著眼，呆望著自己腹上的液體。他沒想到自己一被進入就射了，這是至今沒有過的事……更沒想到艾力的尺寸會剛好頂觸到自己最不妙的位置！

然而，就在他尚未對現況有所反應時，耳際已經傳入肉體飛快撞擊的聲音，嘴裡也自動發出一串又一串狂浪淫靡的叫聲。

曖昧甜膩的呻吟不間斷地從奈傑爾嘴角溢出，一路流淌到艾力耳中，令他心癢到渾身顫抖，興奮極了。他沒料到奈傑爾在床上的反應會比想像中性感誘人，情不自禁地彎下身，舔吻著奈傑爾喘息的唇瓣，由雙唇、下顎、頸肩，最後輕咬住奈傑爾的喉結，舌頭勾舔著那一塊隆起的結點。

這一刻，奈傑爾腦袋嘶嗡作響。

他從沒發現自己的喉結竟是如此敏感異常，艾力每咬一口，他的腦漿似乎就會融化一分，連帶著得到歡愉的穴口也跟著軟了幾分。

感受到身下人逐漸放鬆，艾力所有的溫柔到此為止，他兩掌抵住奈傑爾的膝窩，強制將他的雙腿壓到頭頂，開始肆無忌憚地擺腰抽插。

奈傑爾軟嫩溼滑的後穴包覆著他性器的每一處，像一張貪吃的小嘴不斷將其吸入，讓他抽插的每下都恨不得刺進更深的地方。

激情的汗水染溼艾力的髮鬢，使他本就美麗的臉龐增添一絲嫵媚的性感。

「哈啊！哈啊！嗯啊啊——啊！！」

奈傑爾感受到艾力在自己體內鼓動著，他兩腿被壓在兩側，彈力極好的臀被抬得高高的，承受艾力一波比一波更顫慄的抽插。

激烈的快感由後穴席捲至腦門，神魂蕩漾中，奈傑爾看見艾力撩起長髮，玩性地舔拭了嘴角，那模樣彷彿一隻高傲的金色獵豹，而自己——是他弄於掌間的獵物。

恍神之際，奈傑爾想起薩曼說的話。

「女人都想男人表面像人一樣紳士，但在床上時，都希望男人越獸慾越好！」

原來這句話不只是女人，男人也適用。

接著，奈傑爾感覺腹部一陣溫熱，艾力在他體內釋放出了慾望。奈傑爾累得癱在床頭，胸腹激情的起伏正緩緩平復之時，胯下又傳來磨人的燥熱。

只見艾力的性器依然硬挺，並未因釋放慾望而疲軟，而且非但沒退出，反倒直接進入第二輪。

「想休息還太早呢。」

相較於第一次積極的進攻，第二次艾力採取極度溫和的模式，他扭著腰緩慢繞圈，讓自己的碩大在奈傑爾體內似有似無地輕輕刮搔著。

「嗯啊……嗯啊啊、啊呀……」

淺入淺出，要進不進的感覺使身下的人流洩欲求不滿，心渴難耐的嗚咽聲。艾力真心覺得這聲音無比悅耳，好聽極了。

他繼續緩慢地擺動腰臀，並時不時地深插一下，刻意吊足奈傑爾的胃口。只是用後穴高潮過一次的體內變得十分敏感，哪禁得起一再蓄意的挑逗。

「拜託……不要這樣……我、我……」終於，奈傑爾忍不住開口，央求那隻金色的獵豹給予自己更多更猛烈的刺激。

然而就在他哀求到一半時，昏暗的車外突然閃出一道紅光，接著一陣雜亂的腳步聲夾雜著人群的笑語靠近——隔壁有人來取車了。

奈傑爾繃緊神經，立刻煞住了話語，屏氣凝神地留意車外的動向。

雖然露營車比一般轎車高了一截，但他們並沒有拉上窗簾，外面的人只要一抬頭，隨時都能看見他正在被比自己小的男人肆意地侵犯、玩弄著。

奈傑爾抿著嘴，壓下狂跳的心臟抽身往後退，卻被艾力一把抓了回來。下個瞬間，他被艾力從後抱住。

艾力兩腕霸道地扣住奈傑爾的雙膝，將他牢牢地定在自己的下腹上。

「艾力，你——」

驚覺自己的雙腿被大大扳開，隱私處完全曝露在窗前，奈傑爾慌張不已。

「噓——你不想被看見吧？」艾力輕聲詢問。

「那你就不要這樣。」

「可是，我看你似乎也不是完全不願意耶。」

艾力將額頭湊近奈傑爾的肩窩，一邊舔弄他的耳垂，視線一邊下移到他兩腿之間。

即便看不見艾力的臉，奈傑爾也能感受到入侵自己的人視線的轉移，這份認知使奈傑爾不自覺縮緊下腹，他感受到體腔內艾力聳動的性器越來越炙熱。原本微微軟下的男性象徵再次充血挺起，鈴口還隱隱滴出淫穢的汁液。

「看吧？它很誠實。」艾力用撩人的氣音戲謔道。

「我、我……拜託、不要這樣，艾力……」

被人發現的恐懼與羞恥湧現，奈傑爾用顫抖的聲音哀求道。

「口是心非。」

艾力在他耳邊輕輕呢喃著，像是吹氣一樣，讓他後庭不禁一陣收縮。

艾力哼笑著把他舉起來，將自己粗挺的男根拉出，只留下龜頭前端埋在穴口，供情慾難耐的小穴微微止渴。艾力抽出後，空蕩的後穴讓奈傑爾感到前所未有的空虛，強烈的欲求讓他腦袋漲暈，兩眼花白一片。

早被情慾攻陷的後庭再也克制不住被填滿的渴望，奈傑爾屈手撐住床板，開始上下轉動腰枝，嘗試用自己舒適的敏感點去觸碰艾力性器的前端。

而後者像是早看穿了他的意圖，露出魅惑微笑。在奈傑爾坐下之時，艾力趁勢一頂而上，噗滋一聲，狠狠貫穿那慾求不滿的蜜穴。

蹲坐的姿勢讓奈傑爾兩股間的孔口大開，艾力粗硬的性器一下子越過敏感的肉核，侵入到他更深更緊的地帶。不只頂磨，還重重按壓，力道一次比一次猛烈。

奈傑爾被慾念侵蝕，完全顧不上車外是否有人、是否會被看見，激烈的性愛讓他血脈賁張，理智蕩然無存，瞬間放蕩的淫叫聲氾濫成災。

就在窗外人聞聲回頭之際，艾力快手放下了窗簾。下體吞吐性器的強烈快感，讓奈傑爾下盤失去知覺，他無力地跪趴在床上，任由臀部被托高、侵入。艾力扒著因肉體相撞而發紅的臀瓣，不斷將自己的肉刃插入那令人心神蕩漾的窄道裡。

先前灌入的精液隨著性器拔出，被帶出了穴口，隨即又被擠入的動作重新推進緊窄的穴中，肌膚與肌膚隨著激烈搖晃，磨擦出濕潤淫穢的響聲。乳白的液體被不斷搗進的動作打成一灘灘白沫，沾黏在兩人肉體的交合處，沿著腿根間流下，與艾力腿間破裂的黑絲襪糾結在一起。

忘情的汗水與淫靡的蜜液交融淌流，染濕了大片床單。

艾力的喘息越來越急促，而奈傑爾被抽插到下腹痙攣、頭暈目眩，浪喊也越來越沙啞。

「吻我、艾力……吻我……」

奈傑爾吃力地弓起身，反手抱著艾力的頭哀切地請求，如羽扇般的長睫似乎即將眨出淚水。

就在他以為得不到回應時，艾力猛地扳過奈傑爾失神煽情的臉頰，嚥下他每一口失去理智的呻吟。

兩雙熾熱的舌交纏著，情慾在唇間流動，這一刻奈傑爾根本管不了自己羞恥放蕩的行徑是否有公之於眾，他湛藍的眼底只倒映出一隻絕美強悍的金色獵豹。

此時此刻他多希望，自己能被這隻狂傲的獵豹侵吞得一滴不剩，意識則越來越朦朧……

◇

再次睜開眼時，奈傑爾隱隱聽見風流動的聲音。透過窗簾的縫隙，他看見晨間太陽的金光，也看見熟悉的後院，看來昨夜是艾力把車開回了服飾店。

「艾……力？」

他摸索著身旁，床的另一邊早已冷卻下來，奈傑爾嘗試呼喚了幾聲，確認對方不在車內。

他挪了挪幾乎快散架的骨盆，發現自己腿腳完全使不上力，不禁對自己搖頭嘆息。不敢想像都已年過三十了，居然還像年輕人一樣大戰整夜，股間與雙腿上大片乾結的黏液，都一再提醒著奈傑爾昨夜自己有多任性纏人。

唉……都說女人三十如餓狼，看來男人也好不到哪裡去。

由於工作繁忙，不論情感還是肉慾，都已經處在休眠期很久了。明明之前都控制得好好的，誰知才剛跨過三十就克制不住，徹底失控。在性的本能前，每個人都貪得無厭，尤其是面對喜歡的人，無論再怎麼被填滿，總覺得不夠。

奈傑爾懶懶地撐起身，扭動僵硬的腰背，下床沖了個簡單的澡。正當他跨出澡間時，艾力碰巧開門回來。他扎著馬尾，戴著耳機，一身簡易輕裝，一看就是運動回來。

「你去晨跑？」奈傑爾問。

「嗯。」艾力點頭，「這是每日的行程。」

「年輕真好，擁有無限體力。」奈傑爾笑道，內心不由得羨慕，下意識捏了捏腹部，「下次記得叫我！這陣子為了趕秀，都沒什運動。」

「你？我以為你是去健身房的類型。」

艾力看了眼奈傑爾，鳶尾花紫的眼球隨著晨浴的水珠從額前的髮梢滴落，流至奈傑爾的鎖骨上。

「我喜歡早晨的空氣喔。」奈傑爾沒發現艾力的視線，他一面回答一面微笑著拉開窗簾，並開啟上層的小氣窗，好讓陽光與清新的空氣透進來。「不過你這樣貿然出門好嗎？」

他的擔心其來有自。經過昨晚，艾力妖嬈的中性氣質在時尚圈徹底火紅，社交帳號的追蹤人數直破十萬大關，一夜成名，貿然出門真不知道會發生什麼事。

「那麼早，不會有人注意一個晨跑者的。吃早餐嗎？薩曼說過你喜歡這家的起司貝果。」

艾力收回視線，拔下耳機，順手將一包紙袋放在流理台上。奈傑爾在看見紙袋上的圖樣後，笑得更開懷。

「這家的奶茶也是不可錯過的經典呢。」

「我買了兩杯。」

艾力撕開紙袋，取出熱騰騰的美食，將兩杯茶都堆在奈傑爾面前。

「那你呢？」

「黑咖啡。」

「一大早就喝黑咖啡很無趣。」

奈傑爾看著艾力面前那杯黑壓壓的東西皺眉，心裡卻被艾力貼心的舉動甜到合不攏嘴。他們面對面坐著，邊吃邊聊了起來。

「我不喜歡甜的，光聽就噁心。」

「生活太苦澀，總要補點糖。」

「好好好，似乎有點道理。」

聽著艾力敷衍的話語，奈傑爾心情莫名的好。

他有幾年沒有跟人一起共進早餐了呢？

印象中，自從改造完露營車，從家裡搬出來，住到服飾店以來，他一直都是獨自吃飯。雖然偶有薩曼加入，但那不是為了討論新設計，就是為了應付工作的飯局，大多數時間奈傑爾都是一邊吃一邊工作。

像這樣好好坐下來，與某個人單純為了吃飯而吃飯，聊著無關緊要的垃圾話，到底是多久之前的事了呢？

奈傑爾回憶著，餘光忽然瞥見角落散落的高跟鞋，一股歉意油然而生。他心知肚明，昨晚的意外必定是姊姊蘿菈指使的，雖然手段不一樣，但目的與四年前沒有不同——只為了擠下艾力。

「艾力……我想……我必須跟你道歉。」

想著想著，奈傑爾明亮的雙眼變得有些黯淡。他放下手中的貝果，想好好正視艾力，無奈眼神總是不聽使喚地飄走。

「為了什麼？」

「嗯……為了昨晚的秀……」奈傑爾說得吞吞吐吐，想道歉卻又不知如何開口。

艾力順著他的視線瞄去，瞬間明白奈傑爾所謂何事。

「是你叫那女人換鞋子的嗎？」艾力單刀直入地問。

「當然不是！這絕對不可能！」

奈傑爾激動地否認，差點打翻了奶茶。他比任何人都渴望艾力上場。

「既然不是你，那幹嘛道歉？」

「但……那也許有可能……是我的家人所為。」奈傑爾沉重地回答，說出最不想承認的事實。

「我，從來就不覺得我需要為我母親做的任何事道歉。」艾力配著咖啡嚼下最後一口貝果，舔了舔手指說。

雖然他沒有正面回應問題，但給出的答案是那麼寬慰人心。頓時，奈傑爾彷彿聽見自己的心再次陷入糖漿的聲音。

那名為愛情的糖漿。

霎時，奈傑爾感到臉頰一陣熱辣，他尷尬地猛灌奶茶，好用杯子遮住他現在的表情。就在這時，他的手腕被前方的人抓住。

「咳、咳咳——怎麼了？」

奈傑爾差點嗆到，趕忙用手背擦去溢出嘴角的液體，困惑地看著艾力。

「你故意的嗎？」艾力瞇起眼問。

「故意什麼？」

「你知不知道你現在是什麼表情？」

「什麼……表情？」

「呵。」艾力盯著奈傑爾，薄唇勾出得意的弧度。他伸手將對方的臉頰扳向桌旁的落地鏡，魅惑地說：「一副想被上的臉。」

「我、我……」

看見鏡中自己欲求不滿的臉，奈傑爾的心臟劇烈鼓動，腦袋一片慌亂。

「昨天做不夠？」

「不、不是的。」

「那是？」他執拗地質問。

鏡中，艾力柔長的金髮覆蓋住奈傑爾的視線，接著他咬住了他。兩人吻在一起，互換唇間苦澀與甜蜜的味道。

艾力探出熾熱的軟舌，來回舔弄奈傑爾的貝齒，意圖撬開他的嘴。

淡淡的薄荷菸味層層包覆住奈傑爾，他籠罩在他的氣味之中，沁涼的味道滲透他全身，身軀再次癱軟下來，濕潤的雙眼因慾望而逐漸失去了焦距。他緊閉眼簾，唇齒微張迎合著艾力的索取。

正當兩人情慾暴漲之時，不識相的電話鈴聲驟然響起——

艾力草草看了一眼，立刻切斷電話。

「呃，你不接？」

「是管家，不用理他。」

說完，艾力丟掉手機，隨即又抓上奈傑爾的胸口，搓揉他堅挺的乳尖，隨著搓弄的力道忽重忽輕，刺激著奈傑爾，他的呼吸聲也逐漸轉成急促的嬌喘。

兩人再度沉溺於歡愉之中，但手機鈴聲又一次突兀地響起。雖然艾力選擇了無視，不過對方似乎沒有放棄的意思，不斷奪命連環撥。

「媽的！到底要幹嘛？老子很忙！」

來電聲惹怒艾力，他大爆粗口，狠瞪著掉落在地的手機。

「你還是接吧……一直打來應該有很重要的事。又是管家……」奈傑爾擔心地勸說，事實上不斷打來的電話導致他也滅了興致。

這時，電話鈴聲又響起。

「要是不重要，下次見面我就折斷他。」艾力一邊說，一邊憤怒地接起電話。

但隨著對方開口，艾力從原本的髒話不斷，漸漸安靜下來，轉為沉默。

第六章

「混帳東西！你們這群廢物！廢物——！」

醫院急診的走廊，亞伯坐在輪椅上大力揮舞著烏鴉手杖，高聲怒斥身旁的管家。

「老爺，您別生氣了，我們也是為您好……」

「為我好？好什麼！我有說需要他的幫忙嗎？叫醫生把我的血抽掉！我說抽掉，你們聽到沒有！」

管家先生顫顫巍巍地，和幾名傭人不停安撫盛怒的亞伯。誰知亞伯完全不領情，不顧旁人的眼光，聲嘶力竭地吼叫著。他顫抖地起身，執意要去找醫師。

「老爺您別這樣……您剛輸完血，還是坐著比……」

「閉嘴，誰給你這麼大的權力決定這件事的！你今天就給我收東西走人！滾！」

亞伯用乾啞的聲音飆吼著，粗魯地推開管家，自顧自地站起，但才剛離開輪椅，立刻感到一陣暈眩，重心不穩地跌坐在地。

「老爺！」

「滾——你被辭了！你給我滾！」

管家焦急地上前攙扶，卻險些被亞伯甩了一棍。

「老爺您……」

「我說管家你是被虐狂嗎？理這臭老頭幹嘛？就該讓他早死早超生。」

這時，一道無情冰冷的聲音盪進眾人耳裡，接著只見艾力揉著手肘，從前方的樓梯間拐出來，出現在管家面前。

「少爺，您還在？」

「本來要走了，看見某人躺在地上發神經，過來關心一下而已。」

艾力揚起一邊眉毛，挑釁地看著臉色蒼白的亞伯。

「臭老頭，別給人添麻煩。」

「畜生！你沒資格跟我說這種話！」

不顧這是人來人往的醫院，亞伯放聲飆罵。

「這樣啊？不過不好意思，你現在體內流著畜生的血。」

艾力也見怪不怪，舉起手比出引號的手勢，刻意強調畜生兩個字。

原來艾力的父親亞伯長期深受貧血困擾，平均每星期需要輸血一次，但最近這幾週的狀況十分不穩定，光是上週就來醫院報到了三次。今日早上，管家發現時他已昏倒在房內不知多久，而醫院的血庫碰巧告急。情急之下，管家只好把艾力找來，請兒子捐血給父親。

看似合情合理，不過亞伯卻非常排斥。

原因無他，只因妻子愛麗西亞出軌，並生下其他男人孩子的事情讓亞伯產生極深的芥蒂，以至於即便事後做DNA鑑定，確認艾力與亞伯確實是親子無誤，亞伯也沒給艾力好臉色看過。

偏見的根已深深紮下，科學多有力的佐證，都剷除不了亞伯對艾力質疑的厭惡。

偏見是一種憎恨。

他憎恨這個孩子，厭惡自己體內流著汙穢的血液。

「你來幹嘛？我不需要畜生幫助。」

亞伯拄著手杖緩緩站了起來，話語中淨是利刺。

「哼，要不是他求我，你以為我愛來啊？」

「醫生！把我血抽掉、抽掉！」

「既然這麼不想要，你就等死好啦！下次別再打給我，浪費時間！」真是好心沒好報。

艾力咂舌，轉頭朝管家大吼，將怒氣全潑在他身上。

可憐的管家回答也不是，不回答也不是，只能垂著頭，膽戰心驚地瑟縮在一旁。

「好了，艾力……你凶他也沒用，他只是盡自己的責任而已。既然奧斯汀先生沒事，那我們先回去吧。」

眼看父子兩人一觸即發，奈傑爾趕緊拉住艾力的衣角，想緩和緊張的氣氛。

亞伯這時才發現站在艾力後方的奈傑爾。

「呵呵呵……原來班納特家的公子也來啦。」

亞伯露出一抹詭異，讓人不舒服的微笑。

「奧斯汀先生，幸會。」奈傑爾有禮地打招呼。

但是亞伯理都沒理，自顧自地繼續說道：「我就在想你這段時間去哪裡了，看來是跟男人去野了吧。不虧是母子啊，爬上別人床的速度快得令人作嘔。」

「我跟誰上床關你屁事？對兒子有變態控制慾的你才叫人噁心！」艾力忍無可忍地回嘴。

「你就跟你母親一樣，不知廉恥，犯賤。」

「到底誰才犯賤？那女人不知廉恥，你婚後才知道嗎？你還不是愛！」對亞伯的辱罵，艾力徹底被激怒，毫不留情地反嗆回去。

這句話狠狠戳中了亞伯心底的要害，他凶狠地跳撲上前，像看見仇人一樣發瘋似的用拐杖捶打艾力。艾力也不甘示弱地反擊，瞬間兩人扭打在一起。

沒人料到看似孱弱的亞伯竟還有發動攻擊的力氣，現場的人都嚇傻了，來不及反應，更有來急診的孩子見狀嚇到放聲大哭。直到聽見打悶棍在艾力身上愈來愈沉重，奈傑爾才猛然回神，趕上前制止。

「艾力，不要這樣，我們回去好嗎——」

「你不要管我！早該跟這臭老頭做個了斷！」

「艾力——這裡是醫院，你冷靜！」

奈傑爾上氣不接下氣地使出渾身力氣架住艾力，豈知艾力在火頭上，腎上腺素爆炸，擋都擋不下。他怒不可遏地甩開奈傑爾的箝制，繼續與亞伯對峙。而後方，驚慌失措的管家與傭人們緊緊拽住亞伯的上衣，不停好言勸說。

可父子兩人的個性極像，怒火一旦點燃，哪是勸解就能消滅的？就連幾名男護理師挺身上前制止，也難以叫停。雙方越吵越烈，場面陷入極度混亂，分不清究竟是誰打誰。

就在一片混沌之際，只聽見亞伯嘶嗚一聲，接著便看見他與艾力雙雙滾落樓梯。失足？故意？——不，沒時間思考這個了。

「艾力！！」

奈傑爾一個箭步奔下樓，慌忙扶起艾力，掌心卻意外摸到一股溫熱黏稠的觸感，順著手掌的觸感看過去，驚見一抹鮮豔的紅由艾力的腹部急速擴散開來。

亞伯拐杖上銅製的烏鴉手柄，不偏不倚地刺穿艾力的側腹。

霎時，奈傑爾腦中一片空白，呼吸差點中斷。

醫護人員見狀蜂擁上來，合力將亞伯與艾力抬出樓梯間。急診處，亞伯昏迷不省人事，艾力則倒臥在病床上，發出陣陣痛苦的哀鳴。

「通知醫生手術，快！」

「剪刀呢？快把衣服剪開！」

醫護人員迅速下達指令，替艾力檢查其餘的傷勢。

不過一聽到要剪衣服，原本倒在病床上痛苦不堪的艾力竟閃電般彈起，他緊緊握住醫護人員的手腕頑強抵抗。

「不能！不要脫我衣服！」

「這位先生，這是必要的急救措施，請你配合。」醫護人員耐心解釋道。

為避免衣物穿脫拉扯到傷口的刺穿物，造成患處二次傷害，剪開衣服是必要措施。

「不准脫我衣服，聽到沒——」

可無論醫護人員怎麼解釋，艾力掙扎著就是不願意。他越極力抗拒，腹部湧出的血流就越多，看得佇在一旁的奈傑爾焦急不已。

最後不得已，在醫師的指示下，幾位男護理師上前合力壓制住艾力，並為他注射鎮靜劑。隨著藥物流入體內，艾力漸漸變得有氣無力，反抗的跡象越來越薄弱。接著，他的上衣被俐落剪開。

然而，就在艾力身軀裸露的瞬間，周圍的醫護人員皆被眼前的畫面震驚得停止了動作。

「噢，不！我的天啊！」一名醫護倒抽一口氣，驚喊出聲。

「天啊……醫生，這……」

「我的媽，這、這好慘！」

只見躺在床上的人，鎖骨以下的軀體布滿著大大小小、凹凸不平、醜陋的疤痕，那些傷像是被挖刨的地坑、隕石崎嶇的表層。

艾力的身軀體無完膚，幾乎看不到一處正常的地方。

更令人怵目驚心的是艾力的左胸口……原本乳頭的位置被大片褐色的結疤取代了本來該有的器官。血染紅了整片胸腹，卻遮掩不了悽慘駭人的傷況。

奈傑爾驚駭地摀著嘴，不敢相信自己眼前所見。記憶中，他只在戰爭片裡才見過如此可怕的傷痕。

這就是艾力不肯脫衣服的真相……

奈傑爾的胸腔因震撼劇烈起伏著，他一步步往後退，無力地癱靠在牆上，呆望著床上逐漸失去意識的艾力。

藥效作用的速度飛快，艾力的四肢緩緩失去氣力。四周天旋地轉，他開始陷入恍惚，憑著僅存的最後一絲意志，努力搜尋奈傑爾的身影。終於在層層人群的空隙之中，艾力的視線對上了奈傑爾的臉，美麗的紫色眼球映出靠在牆上的人慘澹發青的表情。

看見奈傑爾蒼白的臉，艾力的心臟驟然陣痛起來，刮骨刺心的痛蓋過了腹部的痛覺。淚，汩出眼角，落了下來……

◇

歷經了幾個小時的等待，艾力的手術平安結束，也恢復了意識。可是除了醫事人員之外，他拒絕會見任何人，包括奈傑爾。

不管奈傑爾在門外如何哀求，艾力都充耳不聞，他們一直僵持到隔日深夜。不僅如此，經護理師透漏，艾力甚至不進食、不吃藥，讓人很是苦惱。

用點滴維持精神終究不是辦法，奈傑爾在與管家商量之後，決定把之前照顧艾力的保母找回來，希望她能勸勸艾力，多少吃點東西。

「那我先回老爺那裡去了，少爺這裡……」管家大叔擔憂地看了眼艾力的病房。

「我會陪在他身旁的，不用擔心。」

「是嗎？那就好，那就好。」管家一邊點頭，一邊說：「保母說她已經在趕來的路上，到了會與您聯繫。」

「保母叫伊蓮娜對嗎？沒問題的，我會留意。」

奈傑爾微笑回應。送走了管家，他轉過身，試探地輕輕敲了幾下艾力的房門。見房內的人依然沒有回應，他鼓起膽子推門，試著開出一條小縫，小心翼翼地詢問：「艾力？我能進去嗎？」

「你敢進來我就殺了你。」

聽見門軌轉動的聲響，艾力惡狠狠的警告隨之而來。

聞言，奈傑爾立即煞住了腳步。他不怕艾力真的殺他，他只擔心萬一刺激到艾力，不知對方會不會因一時衝動而做出什麼傷害自己的事。

「那、那我站在門口，我不進去，就這樣跟你說話好嗎？」奈傑爾木訥地保證。

聽見艾力嚴厲卻帶著一絲虛弱的嗓音，他喉間不由得泛出一抹苦澀。他明白艾力拒絕見自己的原因，奈傑爾不知道自己在看見艾力的一身傷疤時，究竟露出了什麼樣的表情。但無論他是什麼樣的表情，即便不是有心，那一定都深深傷害了艾力……

強烈的自責淹沒他，之後的幾分鐘裡，奈傑爾只能沮喪地站在原地。

就這樣等了好一會兒，沒聽見反對的聲音，奈傑爾就當作對方妥協了。他乖乖地待在門外，不敢跨越艾力畫出的界線。

從他的角度只能窺探到艾力病床的一小角，儘管沒看見人，但終於聽到對方的聲音，仍讓奈傑爾安心不少。

「艾力……你的傷還好嗎？我很擔心你。」

「我很好。」

「我想看看你，可以嗎？」他向房內張望，一邊懇求。

「我不想看到你。」艾力冷回。

他們陷入膠著與沉默。須臾，奈傑爾自顧自問：「艾力，你聽過朗恩．李這個人嗎？」

「嗯哼。」

這次艾力算是正向回應，讓奈傑爾鬆了一口氣。

朗恩．李是演藝圈內有名的演藝經紀人，與奈傑爾交情非常好，是娛樂時尚圈內無人不知的摯友。奈傑爾出身著名的服裝設計世家，朗恩則生於電影產業之家，兩人的家庭背景相似，加上對潮流的敏感度一致，國中時期認識便一拍即合。

兩人完成學業後，朗恩正式經營演藝經紀，奈傑爾則接手家中事業。兩人一起推出了各種藝人聯名衣款，藉此讓品牌與演藝人員推向世界，事業相輔相成，如虎添翼。

而今年，兩人更精心籌備一場結合虛擬遊戲的時裝秀，正式進軍虛擬數位產業。

「我跟朗籌劃了兩年，合作下一季舉辦一個結合虛擬遊戲的服裝秀，因為你這次婚紗的表現非常出彩，所以我和朗都希望這個服裝秀由你來擔任主模。」奈傑爾誠懇地說出自己的邀約，他想藉此轉換艾力低迷的情緒。

只不過艾力久久沒有回應，連個氣音都沒哼。

「艾力？」

奈傑爾以為他睡著了，正當他想趁機進門查看時，艾力冷寂的聲音傳入耳畔。

「我不需要你同情。」

「呃……同情是？」

「你看見了不是嗎？」

「喔、嗯……那是你這幾年都沒走秀的原因對吧？」

一想到艾力身上可怕的疤痕，奈傑爾縮瑟了一下肩膀，聲音不自覺地停頓一下。

「那是當然的吧。有哪個設計師不希望模特兒能夠襯托出自己精心設計的衣服？以這副噁心的身體是不可能的。」

艾力本無意願參加璀璨婚紗秀，但由於星塵裸露肌膚的部分不多，加上奈傑爾又拚命邀約，他才最終心軟答應下來，並帶上信任的化妝師參秀。

「你不要這麼想。」

「不然要我怎麼想？」

「艾力……無論你是否相信，但我真心覺得你很美啊……這絕對不是同情……」

奈傑爾怯怯地瞅著病房內，殷切吐露自己最真摯的想法，急切地想向艾力證明自己的心。

「呵，是嗎？但你那時也害怕了吧？看到這噁心的身體，你想吐了對吧？」

此時，艾力突然拔高音量反問。

「不是的！艾力、我——」

「你敢進來你試試看！！」

「請你相信我，我沒有同情的意思，我真的認為我們能夠一起創造很棒的秀。不只璀璨，之後我們還可以……」

奈傑爾慌張地打開門，拚命想解釋什麼，卻被艾力不留情地打了回票。

「我記得我警告過你，別擅自用『我們』這個詞，我不想聽，更不需要你可憐。請你出去。」

「艾力……」

「出、去。」

「艾……」

奈傑爾佇立在門邊，依舊不願離去。

「滾！！」

艾力盛怒的吼聲引來院方的關切，奈傑爾被幾名護理師委婉地請出病房。在被請離房門時，奈傑爾隱約聽見了如微弱蟲鳴般哽咽的啜泣聲。

那是哭聲嗎？奈傑爾不確定。

至今他所認識的艾力，不曾發出如此孱弱哀憐的聲音。

玻璃外龍罩著濃霧，奈傑爾頹喪地蜷縮在走廊的長椅上，懊惱自己的反應帶給了艾力莫大、無法彌補的傷害。

他們之間原本有隔閡的心好不容易才逐漸靠近，此刻又分離開來，甚至退回比原點還遠的位置。這樣的現況使奈傑爾內心又愧痛又懊惱。

自己當時怎麼就沒壓抑住驚訝呢？

自己當時怎麼就後退了呢？

奈傑爾消沉地垂著頭，自責的質問不斷在腦海中盤旋，歉疚得不知該如何是好。他該怎麼做，才能換回艾力的信任呢？

不知不覺，灰暗的窗外下起了細雪。點點雪花落在窗戶上，融成水滴，像極了淚珠。奈傑爾想起艾力說過……他出生的那一天，似乎也是個下著綿雪，寒冷的日子……

「請問您是班納特先生嗎？」

忽然一道女聲打斷奈傑爾的思緒，抬頭一看，是一名身材嬌矮，體態豐腴的中年婦女。

「我是。您是艾力的保母？」奈傑爾反問一臉憂心的婦女。

「沒錯，我就是伊蓮娜，請問艾力呢？」婦女連忙點頭。

「他在九七〇號房，已經清醒了。」奈傑爾指向走廊底端艾力的病房，垂下眼幽幽地補充：「不過……他不見任何人。」

知道艾力的情況穩定，伊蓮娜抓著衣裙的手微微放開，緊繃的表情明顯鬆了口氣。她和藹地拍了拍奈傑爾的手背安慰道：「沒關係的，孩子，你別擔心，我去看看。」

伊蓮娜不虧是保母，只是簡單的拍背動作，就帶給奈傑爾莫名安定的感覺。奈傑爾瞬間紅了鼻頭，忍住了想哭的衝動。

「艾力拜託您了。」他用乾啞的嗓音顫抖地說。

伊蓮娜溫柔地點點頭便朝病房走去，只見她敲了敲門，沒一會兒，房門被打開了。

看見保母成功進入病房，奈傑爾懸著的心終於稍稍放下，細小的淚珠染濕了眼角。

太好了……真的太好了……

幸好這個世界，還有人能夠走進艾力的心。

◇

之後的幾天裡，奈傑爾每天都去醫院報到。想當然，都被拒之門外。

今天也一樣，在遭到艾力的拒絕後，只能摸摸鼻子落寞地離開，碰巧在醫院的中庭看見保母伊蓮娜，於是奈傑爾打起精神上前打招呼。

「早啊，伊蓮娜女士，今天天氣真不錯，看來氣溫漸漸回溫了呢！」

「原來是班納特先生啊，是來探望艾力的吧？您真是溫柔呢。」伊蓮娜笑呵呵地回應。

奈傑爾沒說話，只是有些無奈，又有些害羞地搔了搔下巴。而伊蓮娜當然知道，眼前這位文質彬彬的年輕人，今天應該再度被拒絕了，心中不免感嘆。

艾力啊，就是太固執了……

「我正要去超市採買一些生活用品呢，若班納特先生剛好有空，能不能幫我提東西呢？」伊蓮娜婉轉地遞出邀約。

「當然沒問題，我非常樂意。」

奈傑爾欣然點頭，微皺的雙眉頓時舒開不少。

「謝謝你，真是幫了我大忙！艾力喜歡吃的東西，多到兩台購物車都放不下呢。」

「他……有好好吃飯嗎？」

「託您的福，昨晚總算願意吃點水果了。」伊蓮娜欣慰點頭。

「是託您的福才對，謝謝您這幾天一直陪伴艾力。您都退休了，還勞煩您過來。」奈傑爾暖心地表達謝意，他們並肩走著，朝醫院旁的超市前進。

「什麼話啊！陪伴那孩子就是我的責任，這是一輩子都不會改變的。」伊蓮娜說著，眼神裡映照出母愛柔和的光輝。

縱使伊蓮娜與艾力並無血緣關係，但從小帶到大的情分比血緣關係濃郁得多。奈傑爾看得出來，他們兩人如母子之情的緊密關係，反觀亞伯這位親父對艾力的態度就……想到此，奈傑爾腦中不禁浮現艾力與亞伯墜落樓梯的畫面，皮膚又泛起陣陣疙瘩。

「您對艾力真好。還好……還好他還有您。」他衷心說道。

「但不論再怎麼樣好，我們都沒辦法一直陪在孩子身邊啊。」

「說得也是呢，父母似乎都會擔心這件事。」

聽伊蓮娜這麼說，奈傑爾也回想起媽媽離婚搬出家時，那雙看著自己，不捨憂慮的眼神。

「呵呵呵，所以啊，若是班納特先生不嫌棄，願意接下我的職責嗎？」

「咦？您、您是指什麼？」

保母如來的請託，讓奈傑爾有些手足無措。

「這一輩子的責任非常重喔，我可不會隨便拜託人的。」

「呃、伊蓮娜女士，我……」

聽出伊蓮娜的弦外之音，使奈傑爾驚訝又害臊，靦腆的臉頰一下紅了起來。

這些日子，奈傑爾每天準時守在艾力的病房前，縱使一面也見不到，但他依舊堅持著，毫無抱怨。這些伊蓮娜都看在眼裡，儘管奈傑爾與艾力從來沒有明說互相是什麼樣的關係，伊蓮娜也能輕易看出。

眼見奈傑爾屢屢遭拒，伊蓮娜也著實心疼這個大男孩，不由得憐憫他想付出關愛，卻觸碰不到的失落。

「班納特先生，我啊……只是個沒讀什麼書的傭人而已。」伊蓮娜說著，眼瞼微微垂下，「對時尚、服裝設計什麼的完全不懂，也不是很關心，我一直以來只知道專心照顧艾力那孩子。那孩子脾氣很倔，一有什麼，都能鬧得天翻地覆，雞犬不寧。」

聞言，奈傑爾忍不住捧腹大笑。

的確呢，舉凡艾力經過的地方，哪處沒震天動地過？

「不好意思，我不是有意嘲笑，但您說得真是太貼切了。」

奈傑爾一邊解釋，一邊抹去眼角泛出的淚意。

「對吧對吧？照顧他的時候，我每天都提心吊膽的。」伊蓮娜雙手一攤，沒好氣地接著說，「我都深怕一沒注意，他又跟老爺吵起來，他們兩個什麼事都能吵。可即便是這樣脾氣強硬的孩子，其實內心也是很柔軟的。聖誕節的時候，那孩子都會寫感謝卡片給我呢……」

「我想他是真的非常感謝您。艾力跟我說過，您和哥哥是世界上最關心他的人。」奈傑爾微笑回應道。

聽見身旁人的話，伊蓮娜先是訝異頓了頓，然後露出溫柔的眼神。

「是嗎？那孩子講過我啊？」

「我想他非常敬愛您的。」

「哎呀……那孩子真是的，呵呵呵。」伊蓮娜遮著嘴，滿足地笑了笑：「班納特先生，我第一次知道您的大名，是在四年前，是艾力告訴我的。他很開心地跟我說，終於能出演你的服裝秀了……」

「艾力說的？他很開心？」

奈傑爾顯露出十分驚訝的表情，他揉了揉雙耳，深怕自己聽錯意思。

「是啊！我還記得那孩子當時的眼神閃閃發光，不停說著你的事。那是我第一次聽到他提起哥哥或星星以外的事，他是真的很開心。」

不過艾力愉快的心情並沒有持續太久，幾天以後，他就因為錯失了工作，與父親起了嚴重的衝突。亞伯一氣之下把溫在暖爐上的水壺扔向艾力，燙了他一身。

「那孩子是真的倔，為了賭氣，之後好幾天都把自己關在房間裡，等我發現情況不對勁時，他已經傷得很嚴重了。」

艾力的胸腹被滾燙的熱水嚴重灼傷，加上沒有及時妥當處理，送到醫院時有多處大面積肌膚潰爛，皮開肉綻，甚至壞死，造成永遠無法彌補的傷害。接下來兩年的日子裡，艾力接受了多次皮膚移植的手術。

清創和移植的過程，痛苦到讓艾力生不如死。

「好多好多個夜裡，他都抱著我哭。他哭，我也哭。」

聽著伊蓮娜哽咽地講述這段過往，奈傑爾才赫然想起，之前在庭院中替艾力擋下熱茶的時候，他異常焦心的眼神……

原來……他曾深受其害。

這是艾力消失四年的理由。

「看著他那麼痛苦，我真的很難過。」伊蓮娜說著，淚水跟著奪眶而出。

此刻，奈傑爾終於明白，為何艾力穿上比自己小一號的鞋走路能面不改色，明明刺痛難忍卻依舊神態自若。原來他撐過了比地獄還恐怖的苦痛，世上還有什麼痛是他忍不了的呢？

「他挺過來了，他是勇敢的孩子。」

這次換奈傑爾拍拍伊蓮娜的肩，安撫她激動的情緒。

想再次踏上伸展台的夢想支撐著艾力，等肌膚的移植告一段落後，艾力便積極地投入復建的日程。他每天反覆練習不同的模特兒、不同衣裝走秀時的步伐，努力揣摩著瞬息萬變的時尚世界。

他渴望走上那星光璀璨的舞台。

縱使再度登台的機率幾乎為零，但他沒有放棄這份夢想。在這條路上，艾力獨自堅持著，從希望渺茫到看不見希望，直到又一次遇見奈傑爾。

「班納特先生，謝謝您帶著艾力再次踏上舞台。我有看您婚紗秀的直播，那孩子真的重新發光了，真的很美很耀眼。」

「是啊，他有著如星星般堅硬的性格。我也謝謝您，伊蓮娜，是您把他教導得如此堅強。」

奈傑爾抱住伊蓮娜的肩，「謝謝您陪伴他。我願意接下您的職責，我會讓艾力永遠發光的。」

收到奈傑爾暖心的承諾，伊蓮娜終於破涕為笑。

他們進入超市採購，伊蓮娜為奈傑爾介紹艾力喜歡吃的東西，還不停講著艾力小時候發生的趣事。奈傑爾聽得津津有味，同時心中也泛起一抹難以言語的自責。

他從沒想過，當年在自己開心舉行慶功宴的同時，離自己不遠的地方，有個人，正歷經著刨肉刮骨的痛苦，默默承受著常人難忍的傷害……

如果當年他能多一份心，留意艾力的去向，那這一切是不是就會不一樣？

艾力是不是就能免於這場苦難？

可惜人生沒有如果。

奈傑爾沉思著，腦中不禁閃過艾力身上觸目的傷疤，一幕又一幕地驚現眼前。艾力的身上爬滿凹疤的畫面沒有因為過了幾日而淡去，反而越來越清晰，使他久久不能自己。

◇

病房裡，簡陋的浴室中，細微的水蒸氣霧化了牆上的鏡子。艾力伸手抹去那層水霧，靜靜地凝視鏡中的自己。

過去這一千五百多個日子以來，他以為他已經看慣了這身殘破的軀體，以為自己學會了與傷痛共存。沒有料到，在看見奈傑爾退避三舍的表情後，過去認為足夠強大的心還是出現了傷痕。

厚重的失落感蔓延全身，他閉上眼，任由蓮蓬頭的水柱打在身上。只是無論沖了多少熱水，由體內而發的寒意一絲都沒有消退。

……想不到被喜歡的人拒絕是如此痛苦。

四年前，從十七歲在模特兒初選會上與奈傑爾相遇開始，他的眼睛就一直追隨著他。即便他不是模特兒，可奈傑爾才華洋溢，擁有紳士淡雅的氣質、合宜直挺的身版，儼然是全場的焦點之星。不只自己，所有人的眼睛幾乎都黏在他身上。

艾力身為眾多新手模特兒的一人，自知他在奈傑爾眼裡尚微不足道，唯有將自己打磨到最亮眼，才有可能博取到奈傑爾青睞一眼的機會，因此他非常努力地準備那場秀。

只不過他終究無緣那次的舞台……

好在上天還是憐憫他的，在降臨一番考驗後，仍給他追逐星星的機會。

與奈傑爾再次相遇、成功站上他的舞台，並與他相擁入眠。所有的一切宛如夢幻泡泡般美妙，卻也像泡泡般彈指即破。

看來是奢望了。

奈傑爾名利雙收，要什麼樣的對象沒有呢？要對方接受這似怪物一樣的自己，根本是不可能的事。

艾力越想呼吸越困難，索性甩甩頭，強迫自己停止思考。他謹慎地沖洗傷口上的泡沫，眼看傷好不容易癒合，可新生的皮膚卻與周圍醜陋的疤痕沒有區別，又忍不住嘆氣。

就在這時，他聽見房門打開的聲音，還以為是伊蓮娜回來了，也沒太在意。可過了一會兒，艾力便察覺到一絲異樣。

他關掉水龍頭，豎起耳朵仔細聆聽。發現這不是伊蓮娜的腳步聲，也不是管家。

更不是奈傑爾。

那陌生的腳步聲居然直接停在浴室門口。

是護理師來換藥嗎？艾力狐疑地想。

「我在洗澡，快好了。」艾力帶著困惑，朝門口喊了聲。

接著門外傳來一道悶悶的男聲：「我等你。」

那是道既陌生，又有點耳熟的聲音。

艾力一時想不起在哪裡聽過，或許是之前的某個男護理師吧？艾力沒多想，隨手套上浴袍，拉開門，可出現眼前的不是護理師，而是一位身著黑色西裝，捧著鮮花微笑的陌生男人。

「……你是誰啊？」

「太好了艾力，看來你沒事。你知道嗎？聽說你受傷，我這幾天都擔心到無法入睡。」男人一看見艾力，便殷情地訴說著擔憂之心。

「我不見訪客，請你出去。」不滿有人擅自闖入，艾力不悅地下逐客令。

他一把撥開男人想出去，卻被對方硬擋下來。

「是我啊，是我啊！你曾熱切地對我告白過，你忘了嗎？」

「熱切告白？對你？」艾力皺眉。

「天啊……我不敢相信你真的忘了……」男人痛苦地搖頭，露出哀傷的眼神，「我知道你只是賭氣而已，對吧？你知道嗎？這段時間以來，我無時無刻都想著你，我只是太忙了，挪不出時間單獨與你共處。你快別生氣了，原諒我吧！」

陌生男子叨叨絮絮一大串，艾力有聽沒有懂，忍不住懷疑對方是醫院裡的精神病患，不過同時間，他腦中閃過一幕模糊的片段。

「你是……柯……林？」艾力疑惑地喊出這個名字。

印象中，他似乎與眼前的男人在璀璨秀的行前會議上碰過面。但他記得，柯林……不是奈傑爾的姊夫嗎？

「你果然只是在賭氣。」

發現對方記得自己的名字，柯林露出安心的笑臉。但艾力看見對方詭異的笑容，心中大感不妙。

「我不知道你在說什麼，閃開。」艾力厲聲警告。

熱騰騰的水蒸氣還繚繞在空氣中，艾力的髮梢微濕，出水芙蓉的姿態令柯林心癢難耐。

「你知道我要來對吧？所以特地洗了澡誘惑我。」

「誰要誘惑你啊？滾！」

簡直神經病！艾力機警地想按病房內的緊急鈕，卻被柯林搶先一步抓住手。

「我知道，我都知道的。因為我結婚了，所以就算你愛慕我也沒辦法表現得太明顯，所以那天在會議上只能那樣用腳勾我、隱諱地邀約我，我懂的。」柯林痴望著艾力，自言自語地說起自己過度美化的幻想故事。

「愛慕個鬼啊！少自以為了！」

「我的艾力，你真美，我的心為你傾倒。我們一起離開這裡吧！到一個沒人認識的地方重新開始。」

艾力對柯林的言論瞠目結舌。

老天啊！這男人發瘋了，完全沉浸在自己的妄想裡。

感受到柯林抓住自己手腕的力道越來越強勁，艾力反射一腳地狠踹柯林的膝蓋，柯林瞬間倒在地上發出慘叫。

此時，走廊上的奈傑爾與伊蓮娜有說有笑地採買回來。他禮貌地送伊蓮娜到門口，兩人交換寬慰的笑容，正打算告別時，病房內卻傳來一道痛苦的悶喊聲。

奈傑爾頓時臉色驟變，與伊蓮娜對視一眼後，顧不得艾力之前的警告，推門查看。

只見病床前，柯林滿臉驚恐地撲在地上瘋狂乾嘔，吐得死去活來。

「奈傑你來了！救我……我要被那怪物打死……了……」

柯林抱著劇痛的膝蓋，抓著奈傑爾的褲管。

「怪……物？」

奈傑爾不明所以，抬頭便看見浴袍半敞的艾力。怵目驚心的疤痕裸露在外，而柯林回頭看到又忍不住乾嘔，「奈……嘔……就是那噁心的傢伙……他打我，嘔嘔嘔……」

真是惡人先告狀，柯林強拉人不成，反而冤枉艾力，極力甩脫責任。

「噁心的傢伙？不曉得剛剛是哪個花痴硬要拉走我，說什麼要在一起，怎麼現在就變成我噁心了啊？你變心也變得太快了吧？」

艾力不屑地呸了一聲，接著輕描淡寫地看了奈傑爾一眼，默默轉過身套好衣服。

然而，此刻奈傑爾眼中只有艾力那被掐紅的手腕。

「你想帶走艾力？」

霎時奈傑爾兩眼發青，他大聲質問，雙齒因憤怒而打顫。

「不是的，我沒有、我沒有！」柯林急忙否認，還哭訴道：「是、是、是他，是他先勾引我！誰會看上怪物！」

「你說誰？」

柯林急不擇言，說出惡劣的詆毀，引來更強烈的怒火捲上奈傑爾的心頭。

那個人，是他視若珍寶的人。

他怎麼能忍受自己重視的人遭到言語的汙辱！

沒等柯林回話，下一秒，向來紳士的奈傑爾已衝上前，當拳頭即將揮上柯林的鼻梁時，被趕來的醫護人員與保全及時擋下。

「班納特先生，別衝動！別衝動！」

「這個人擅闖病房，我們會交給警方的！」

大家趕上前，一面制止一面好言相勸，避免衝突升級。

眾人拉扯了一會兒，奈傑爾的怒意才稍微平息，他一把摟過艾力，眼神惡寒地怒瞪柯林，冷著聲道：

「我們要移到最頂級的ＶＩＰ病房，現在馬上。」

「當然。請、請您移步到十二樓，現、現在就有空房。」醫護人員點頭如搗蒜，滿口答應。

第七章

「奈傑爾、不要拉我！聽到沒？你走太快了！」

一路上，不管艾力如何抗議，奈傑爾都不為所動。

一進到VIP病房，奈傑爾立即拱起手臂，將艾力死死地固定在門上質問：

「他剛剛對你做什麼？」

「沒什麼。」

艾力看似無所謂地回答。

「你們私下有聯絡？他追求你？」

「不是。」

「那他怎麼能進病房？你允許他進去？」

「不是。」

「還是他從來就不在你的謝絕名單上？」

奈傑爾咄咄逼人的追問，一反常態的強勢使艾力感到不悅。被柯林冒犯的氣未消，他撥開奈傑爾的手，不想回答沒有意義的問題，不料眼前的男人絲毫不願退讓，艾力的語氣也跟著不耐煩起來。

「就說不是了！你有完沒完？」

「沒完，除非你說清楚。」

奈傑爾直瞪著艾力鄭重宣告。

「什麼都沒有，就只是門沒鎖，他自己闖進來，自言自語說喜歡我，抱了我一下而已，然後你和伊蓮娜就回來了。就是這樣，就算你們沒回來，我也會踹死他！」艾力沒好氣地說出一串流水帳，豈知空氣卻突然陷入寂靜。

任何沉默對爭執者來說都很漫長，見對方沒有反應，艾力忍不住抬眼窺視奈傑爾的情緒。

誰知卻對上一張僵硬冷峻的臉。

「奈傑……」

艾力正打算開口試圖緩解僵局，殊不知奈傑爾二話不說就直接把他扛起。

奈傑爾把艾力丟進浴缸，扭開蓮蓬頭朝他狂噴，接著轉開沐浴乳，將整罐洗劑倒到艾力身上，執意為他清洗。

「奈傑爾，你幹嘛？痛！」

艾力厭惡推拒。

「幫你洗澡。」

奈傑爾一邊回答，一邊強制脫去艾力的衣物。

「這哪是在洗澡？你根本是在搓衣服、我的皮要破了！」艾力痛得掙扎，粗糙的沐浴巾磨在手背上，感覺要被搓掉一層皮了。

「我就是要搓掉它——」

奈傑爾強硬回答，絲毫沒有要停手的意思。

「別鬧了，住手！」

「我不要。」

「我叫你住手，聽見沒有！」

「我不要——！！」

瞬間，奈傑爾爆出一聲幾近發狂的大吼。

「你……」

艾力抬頭，一臉茫然地望著眼前的人，頓時啞然，沒了怒氣。他不曾見過奈傑爾如此狂怒的反應，儘管他的五官依舊是他熟悉的俊雅模樣，但臉上卻是他全然不熟悉的陌生表情。那充滿血絲、憤恨震怒的陌生表情。

「我不喜歡別人碰你。」奈傑爾沉下眼說。

「什麼？」

「他到底碰了你哪裡？他還摸過哪裡！」

憤怒與理智在腦內衝撞，奈傑爾覺得自己要瘋了。

「沒，他沒……」

「你騙人！如果沒有，你衣服怎麼會掉一半！」

艾力話還未說完，就被奈傑爾衝動地打斷。

他憤怒地朝艾力嘶吼，整個人似乎快哭了。接著奈傑爾眼神一橫，不由分說地拉過艾力，大掌直往他腿間探去。

「你幹什麼！住手！要我嫌惡你是嗎？」

意識到對方的想法，艾力見狀立即出言喝止。

霎時間，奈傑爾僵住了，他停下手上的動作，宛如被施了魔法般，瞬間凍在原地。

「走開。」

拋出這句命令後，艾力一把推開奈傑爾，氣喘吁吁地從浴缸中掙脫出來，而奈傑爾並未阻攔。

奈傑爾緩緩滑坐在浴缸中，兩隻手肘抵著膝蓋，痛苦地遮著臉。

艾力怒意未消，當下不想與任何人待在同一個空間。他悻悻然地轉身離去，就在即將跨出浴室之時，背後傳來奈傑爾細微如蚊，顫抖的聲音：

「求、求求你……請你不要走，艾力……拜託……」

這輕微如煙的嗓音彷彿一道鐵鍊，牢牢拴住了艾力的腳步。

他就這樣停在門前，沒有出去，也沒有回頭。

從掛在門旁的鏡子中，他見到奈傑爾緊摀住臉的指縫間，滲出了一道道水痕。

奈傑爾痛苦地縮在浴缸的角落，他聲音乾澀，像個孩子般語帶含糊，一遍又一遍不斷道歉。

「艾力，對不起……我不是故意要傷害你……對不起。」

明白自己被妒忌沖昏了理智，差點釀成大錯，奈傑爾泣不成聲。

「不……不要，請你不要討厭我，艾力我拜託你……我不是故意的，我只是太生氣了……請你原諒我。我只想讓你屬於我……告訴我該怎麼做，你才不會被搶走……」

奈傑爾懇求著，啜泣著，眼淚從手背滑落，打在浴缸底的水窪上。

看見鏡中人懊惱懺悔的模樣，艾力的體內一股情意湧動，沖垮他強硬的姿態。

他在心中長嘆一聲，折回奈傑爾身邊。

「嘖，你幹嘛哭啊？」

見到心愛的人回來，奈傑爾放下摀著臉的雙手，緊緊扯住艾力，喃喃低訴著：

「艾力對不起，請你不要走，請你原諒我……好嗎？」

「我不是沒走嗎？而且你哭屁啊？該哭的人是我好嗎？我才是受害者耶。」

見對方低聲下氣認錯的可憐模樣，艾力再怎麼生氣也氣不起來。他嘆了口氣，拉開奈傑爾的雙手，沒好氣地抱怨。

可他牢騷的話語，在看見奈傑爾臉龐的那一刻全吞了回去。

只見奈傑爾的臉上布滿淚痕，一對碧藍潔淨的眼珠蒙上了一層黯淡霧灰，眼眶下還浮著慘淡的瘀青，一看就是多日沒睡好。

才幾天沒見，奈傑爾平時爽朗的臉龐此刻竟變成了這番憔悴的模樣，艾力的胸口像是被人用鐵鎚重擊般，悶痛無比。他實在不喜歡看見奈傑爾哭的樣子，那使他躁鬱，使他難以平靜。

「不要哭了，沒人搶得了啦。」

「什麼意思？」

聽見艾力的回答，奈傑爾的淚水稍稍收了回去。

「你真的不懂還是裝傻啊?」艾力邊摸上自己身上的疤痕,「你不是也看到了嗎?他看到我的身體後跟見鬼一樣,瞧他吐得跟什麼似的,只差沒當場嚇到失禁了。」

「那他有碰到你其它地方嗎?」

奈傑爾意有所指地看了眼浴袍。

「就說沒有了!衣服是揍他時滑掉的。」

艾力罕見地耐著心性解釋著。

至此,奈傑爾糾結的眉毛終於紓解開來。

「真的?」他再度詢問。

「對啦。」

「那其他人呢?」

「啊?」

「還有誰碰過你?」

他伸手撫上艾力的腰窩,明顯話中有話。

「你發什麼瘋!問這什麼鬼話!」

聽出話語裡真實的含意,艾力竟有些不好意思地撥開腰際上不安分的手。

「回答我,艾力。」感受到對方的態度軟化了,奈傑爾又執拗起來,沒得答案不罷休,「還有誰碰過你?你為什麼不回答我?」

「沒有。可以了吧?」

「我不是指柯林而已，我是問其他人。」

「就說沒、有、了。沒有人碰過我，你聽不懂啊。」

「當真？」

「不相信就算了，瘋子。」

他咂舌。

不管身上有沒有疤，自有性經驗以來，艾力從來就不是被碰的那一方。

「那我能碰你嗎？」

「什麼？」艾力心驚，慌忙掐住奈傑爾的手，制止他繼續深入，「不可以，聽到沒！」

「為什麼你可以碰我，我不能碰你？」

「沒有為什麼。」

雖然艾力強硬拒絕，可後者就像鐵了心，固執地不斷周旋，兩人拉拉扯扯，不知道是誰先滑了一跤，紛紛摔進浴缸中。

「痛死了……起來，別壓著我。」

艾力撫著撞痛的後腦，順手打了一下奈傑爾的背，要他起身。但奈傑爾跌趴在艾力身上，遲遲沒有要挪動的意思。

「我不要。」

「不要鬧了。」

就在艾力說完後，奈傑爾沒有馬上接話，只是雙手緊環抱著艾力的手臂。兩人陷入一段沉長的靜默，直到浴室所有的水霧散去，奈傑爾才緩緩開口。

他聽著艾力胸腔下規律的心跳，開始喃喃自語：「噯……艾力，你還記得我們講過『真愛』的話題嗎？」

「那個愚蠢的話題。」

「是，確實挺愚蠢的，而且愚蠢的是我，我太自以為是了。還記得我對你說過，『真愛不需要兩情相悅，只要真心喜歡。無論對方是否會回應你，那都是真愛。』這種話嗎？」

艾力倒在浴缸中望著天花板枯燥的白燈，想起那夜的場景，過了好一會兒才擠出一絲輕哼的氣音。

「……嗯。」

「我發現我錯了。我以為自己不是貪心的人，我以為自己可以愛人不求回報，但這幾天，我發現我錯得徹底。」奈傑爾頓了頓，大掌按上艾力的胸口，柔聲說出內心最深的渴望：「我愛你，艾力。我希望能擁有你、希望你也愛我，我瘋狂地這麼希望。」

聽著奈傑爾真摯的告白，艾力不語，但喉間莫名苦澀。

他何嘗不是呢？

只有天知道，他有多愛眼前這個人。

在多年前，十七歲那個的舞台上，他就深深愛上了這個人。

「艾力，你愛我嗎？」奈傑爾撐起身，深情地凝視著身下的人，濕漉的髮絲輕輕刮著艾力的臉頰：「被你進入的時候，我深刻地覺得自己屬於你，但你屬於我嗎？我不斷地告訴你，我喜歡你，可是你始終不相信，甚至將我拒之門外。你不見任何人，但柯林竟然能輕而易舉地進入病房……」

說到此，奈傑爾再也說不下去，就怕那狂暴的不安感會再次侵蝕自己的心智。他沮喪地垂下眼，流露出萬分哀傷的眼神。

「那只是意外。」

艾力小聲地回答，他的聲音比預料中溫柔，可奈傑爾的眼神始終游移。

「艾力，請你告訴我，我該怎麼辦？我到底該怎麼證明……你才會相信……我是愛著你的呢？要怎麼做，我才能擁有你？」

眼淚盈滿奈傑爾的碧藍眼珠，淚珠閃動，他的雙眸宛如宇宙中的星河。

艾力吞了吞乾澀的喉嚨，怔怔地凝視著奈傑爾飽含渴望、眷戀的視線。他伸手捧住奈傑爾的雙頰，輕輕將頭靠在他額前。

須臾，他終於顫抖地開口：

「……你……不覺得噁心嗎？從以前到現在，每個人都覺得噁心。」

「我不覺得。」

奈傑爾微微一笑，直率地回答。

「你不用安慰我。」

「如果是我第一次見到你傷口時的反應讓你誤會了，我跟你道歉。」奈傑爾敏感地察覺到他的心事。他伏下身，暖唇貼上艾力的胸口，一路親吻他的傷疤，「我發誓，我真的不覺得噁心，我當下只是覺得震驚，我無法想像受了這樣的傷，要承受的痛苦有多巨大……我只覺得心疼。」

「真的……沒有勉強？」

艾力閉上眼，感受對方在自己身軀上遊走的柔軟。

「相信我艾力，沒有人會覺得自己的真愛噁心。」

真愛。

這個詞使艾力的心臟猛然扯動了一下。

「還會痛嗎？」

他像膜拜一般，真誠地輕吻他身上每道凹凸不平的疤痕。

「早就沒感覺了。神經都壞死了，它們現在只是沒有知覺的肉塊而已。」

艾力搖頭，無所謂地說。

雖然嘴上說沒感覺，但他能清楚感受到奈傑爾覆著薄繭的指尖與薄唇滑過的每一寸肌膚，都傳出刺人的電流，穿透皮膚，直擊四肢百骸。

他的吻是那麼輕柔、那麼小心翼翼，那樣讓人覺得自己確實被深愛著……

「你為什麼認定世上有真愛？愛情這種感覺明明這麼虛幻……」

「我不是相信愛這種感覺。我是相信，讓我感受到愛情的人。」奈傑爾抬頭，用無比愛戀的眼神凝視著艾力。

「你真的不想吐？」

「想吐的話才不會這樣。」

奈傑爾拉過艾力的手，讓他撫摸自己發漲的胯間。艾力滾動喉結，手掌隔著衣料感受到他的下身飽含熱意地跳動著。

誰都知道，那是男人對情慾最誠實的反應。

「艾力，它們不噁心。這些傷痕是你不向命運屈服，堅強又高貴的印記。覺得你噁心的人，是他們不配擁有你。」

奈傑爾真摯深情地訴說，他無從得知十七歲時艾力經歷的種種，但他想告訴他，他一直都是美的。他想謝謝他，堅持活下來，然後與他相遇。

「你這用甜言蜜語勾引人的傢伙。」

艾力低斥，卻不見怒意。

「若你願意上鉤的話，那太好了。」

「呵呵呵。」艾力被氣笑了，隨即反向環住奈傑爾的脖子，「抱我吧……」

聽見這句話，奈傑爾瞬間一愣，再次徵求他的同意：

「可以嗎？」

「……嗯。」

艾力薰紫色的眼眸深邃起來。

「那，我可以解讀成……你也是愛我的嗎？」

「隨你便……」

艾力抿唇，看似回答得不情不願。

儘管艾力的承認很模糊，卻足以讓奈傑爾的心花綻開幾萬朵。這一刻，他憂慮的表情終於恢復成平時燦爛耀眼的笑容。

「真的？你愛上我了？什麼時候？」他驚喜地追問。

「你煩死了。」

「說嘛！好嘛、說嘛！我想知道……」

奈傑爾眉毛飛揚起來，雀躍不已。他的心意終於傳達到了。

他不停吻著他，纏著愛人討要答案。

「我……看見星星的時候。」

艾力用幾乎聽不見的聲音回覆道，聽似答非所問，卻是他最真實的答案。

在那年的彩排、那年的伸展台上，他的雙眼早已緊緊繫上如星星般閃耀的他。艾力永遠都不會告訴奈傑爾，第一眼見到他時，他就幻想過奈傑爾高潮喘息的誘人模樣。

他優雅的舉止、純正的英式口音及獨特的貴族氣質，奈傑爾所有的一切早已深刻地烙印在他心版上，再也抹滅不去。

衣物一件件褪去，四片唇瓣緊緊吸在一起，艾力的回答淹沒在奈傑爾的吻裡。唇舌與貝齒相互吸吮、舔咬，濃郁的情慾在兩人的口腔間流連竄動，答案似乎沒有那麼重要了……奈傑爾把艾力的臀與腰高高托起，修長的雙腿被抬到臉的兩側，私處後孔朝上，完全暴露在奈傑爾眼前。

「艾力，我愛你。請你也愛我，請你好好感受我……」

他吻著艾力的大腿，一面訴說著深層的渴望。熾熱的唇一路吻到私處，最後伸出濕熱的軟舌，溫柔地舔拭艾力微微抽顫的後庭。他舔得很輕巧，穴口的每處肉褶都仔細吮啜，彷彿正在品嘗一道美味精緻的甜點。

細細舔弄一陣後，奈傑爾試著將手指伸入那讓人傾心愛憐的嫩穴，溫柔地替他鬆軟適應。

隨著他手指攪動的頻率，艾力的腰隨之拱起，敏感的穴口一抽一縮，主動含進侵入的手指，前端的性器也因後穴的刺激高高翹起，溢出絲絲愛液。奈傑爾看著覺得十分可愛。

而艾力開口喘息著，鳶尾花紫的美麗眼眸因情動，瞇成了細長型。他從來沒被進入過，更沒受過如此對待，完全沒預料自己對這樣的舉動會有這樣大的反應。

「會痛？」

「是不痛……」但很癢。

修長的手指在體內來回摩擦著，不時試探性地按壓，叫人癢得受不了，連呼吸都變得不穩。剩餘的話艾力沒說出口，只是用情慾的眼神向奈傑爾傳遞自己已然慾火焚身。

「艾力，我會讓你很舒服的。」

他在他耳畔低語。

「別說廢話，用行動證明。」

「可是我怕你痛。」奈傑爾微微皺眉。

「少囉嗦，不做就滾！呃啊啊——！！」

艾力的話剛起，同時奈傑爾下盤一挺，將硬如堅石，灼熱的慾望推送到艾力窄小濕潤的穴內。

「嗚……唔嗚……」

感受到體腔瞬間被長挺的物體撐開，艾力頓時沒了語言能力，嘴角只能發出斷斷續續，如小動物般嗚噎的聲音。

「抱歉，果然很痛嗎？」奈傑爾親吻艾力美麗的臉，體貼地詢問。

雖然陰莖被緊緊絞住，非常難耐，但看見艾力皺起的眉頭，奈傑爾還是停下動作，不敢再貿然前進，怕傷了深愛的人兒。

艾力則搖搖頭，伸手攀上奈傑爾的脖子，表示自己沒問題。在奈傑爾充分的擴張下，後穴雖然有被撐開的異樣感但毫無痛感。只不過真正使艾力皺眉的，是一股從未體驗過，難以言喻的感覺正在體腔內蔓延開來。

為了方便進入，他的下盤整個被托高。這個體位下，艾力能清楚地看見自己被進入的景象。只見奈傑爾的性器有一大半進入自己的後穴，但仍有一節發腫的根部留在體外。

「別撐了，全部插進來。」

他拉過他的髮絲，微微在他耳邊命令道。

「可是……」

「我可以，奈傑，快點。快點觸碰那沒人碰過的地方……」他神情迷濛地呢喃著愛語，一雙長腿主動纏上他的腰，邀對方進入自己的更深處──那處連自己都沒碰過的地方，「不是要我好好感受你嗎？那當然要感受全部啊……」

心愛的人下體正吞含著自己的性器，還眼神迷離，曖昧地要求著自己更加深入，世界上沒有男人不吃這套。隨著艾力充滿情慾的嗓音再次催促，奈傑爾克制不了，將漲硬的性器往艾力濕漉誘人的後穴裡送。

奈傑爾的莖幹整根消失在艾力兩股之間。他貫穿他的體內，直搗那無人造訪過的區域。敏感的龜頭被幼滑的嫩肉絞纏吸吮，緊捆得奈傑爾直冒汗，他掐住艾力精瘦的腰急速抽插起來。隨著腰腹不停擺動，結實的腹肌重重撞擊艾力的恥骨，初次迎接男人的嫩穴激烈地收縮著。

「艾力你放鬆點……夾得有點緊……」奈傑爾艱難地開口。

「我又不是故意……的……它、它……它自己夾的，我有什麼辦法……」

雖說是艾力推卸責任的話語，可聽在奈傑爾耳裡，卻是將情動的結合推進成淫靡性愛的絕佳催化劑。下一秒，他架起艾力好看的雙腿，腰腹加速衝刺，無縫隙地猛力抽插著。

浴室裡迴盪著被挺進、插入的淫蕩水澤聲，艾力呼吸紊亂，整個人被衝撞得上下晃動，難以平衡。在意亂迷離之間，不知是誰觸動了水閥，安裝在浴室頂端的蓮蓬頭頓時噴發，溫熱的水流完全不敵他們激升的體溫。

終於，艾力的嘴角溢流出自己不曾聽過的呻吟。

「唔、嗯嗯——啊——嗯啊——嗯啊——」

聽見愛人舒服的喘息，奈傑爾精實的胸腔起伏得更劇烈。他猛烈搖起腰桿，極力取悅身下的愛人。

「艾力、艾力……」

他喚著他的名。

「啊！嗯……就是那裡，再用力一點，還不夠……」

他感覺整個人都飄浮了起來，任性地要求對方給予更多。

奈傑爾將艾力的下身抬得更高，把他的頸肩抵在地上，由下而上快速在他體內抽插起來。體腔肉壁的敏感點不斷被頂磨，令人發狂的快感於體內肆虐，不久，艾力射出滾燙慾望，濁白的液體噴濺在他被高潮渲染成緋紅的臉頰上，讓他本就情慾的表情更顯煽情。

奈傑爾抓起艾力的手，牽著他的食指刮起沾染在臉頰的精液，然後張嘴含住裹滿是乳白體液的手指。

他含著他的手指，忘情吸舔著，享受愛人的味道。

艾力見狀，故意在奈傑爾口中加入一指，食指與中指不斷在黏稠的口腔中攪動、刮按。最後他夾住奈傑爾的舌頭不斷揉捏，唾液混著精液不斷從奈傑爾的嘴角溢出，淫靡地滴落在兩人結合的地方。

手指探入口腔的動作模擬了男人性器進入對方體內的狀況，此時在占有艾力的同時，奈傑爾感覺自己也正在被艾力侵占。

這樣的滿足感讓他昂挺的性器在艾力體內又壯大了一圈。他一邊舔吮著他的手指，一邊不停擺動下腹，在最後的衝刺下，奈傑爾的馬眼綻開，在艾力的深處澆灌一波又一波高潮的愛液。

高潮後的兩人大汗淋漓，癱倒在浴池中喘氣，雙雙體內都還留存著攀頂後的餘韻。

「艾力，你真的有舒服嗎？」

奈傑爾憐寵地撥弄艾力掛在額前金亮的秀髮，小心翼翼地詢問，擔心自己沒能給初體驗的愛人美好的回憶。

「爽翻了好嗎？傻子。」

好害羞的。

對方毫不掩飾又直爽的回答，反倒讓奈傑爾難為情得紅了臉。艾力則挑眉，搞不懂這有什麼

「唔……這樣啊……」

「反正也無從比較。」

「比較？你要跟誰比較？」

說者無意，聽者有心，艾力囁聲的補充，挑動了奈傑爾敏感的神經。他立即翻起身，瞪大雙眼質問。在經過方才激烈的雲雨，他實在無法忍受艾力有可能被別人擁抱的樣子。

一道熊熊烈火在奈傑爾心裡燒得劈哩啪啦響。

「我覺得你聽錯了，我剛剛並沒有講話。」

體會到奈傑爾的醋勁可不是開玩笑的，艾力一本正經地改口敷衍過去。

「是嗎？」奈傑爾狐疑地瞇起眼，接著把頭埋進艾力胸口，輕嗅著他身上的薄荷菸草味，繼續說，「我喜歡你的聲音，艾力。你的聲音很好聽，我不想讓任何人聽見……」

那是只屬於他的甜美嗓音。

他親吻艾力滿是疤痕的左胸，獻上至高的讚美與告白。當奈傑爾深情的吻印在心口的瞬間，艾力不自覺地屏息。

他們相愛著，他理解到了這件事。

「呵呵。」互通心意的感覺令人愉悅，艾力豁然開朗地輕笑了幾聲，兩手親暱地搓揉奈傑爾

的耳垂，「你的聲音也好聽，下次換你叫。」

「不用等下次……現在就可以。」

奈傑爾說著，一手拉住艾力的腕口，舔吻他的掌心。另一手貼上艾力的心口一路往下游走，胸膛、腹部、恥間，最後手掌包覆住艾力依然熾熱的性器，套弄起來。

隨著傲人的莖幹再次昂挺，奈傑爾的眼神逐漸變得朦朧。

「你真的很會勾引人。」艾力瞇起眼，暗自嘖了一聲，「轉過去。」

艾力轉過奈傑爾的腰肢，讓他翻趴在牆上，背對自己。一手撐起他右腿的膝窩，將他的一腳舉跨在浴缸邊緣。只見柔軟的臀瓣間，情慾蠢動的蜜穴早已鬆軟，準備接收另一波高潮。

艾力滿意地舔了舔唇角，對準後穴猛地挺進。

慾望瞬間被綿軟的肉壁包覆，舒快的快感流竄過背脊，瞬間衝進腦門，艾力忍不住倒抽口氣。他紫色的眼瞳中閃過一抹獵人好戰的光芒，艾力張口舔咬著奈傑爾肌紋迷人的後頸，烙上自己專屬的痕跡。

「吻我，艾力……拜託你吻我……」

奈傑爾顫動著唇乞求，磁性成熟的男聲竄進艾力耳際，輕搔著他的耳膜。

激情再次於水花蕩漾間蔓延開來。

◇

「屁屁先生還好嗎？」

奈傑爾坐在病床邊，一臉擔憂地望著艾力。

「你不是該擔心我的傷嗎？」

艾力看也沒看坐在一旁的人，只是單手托著下巴，無聊地滑著手機回答道。

由於兩人太過熱烈，導致原本稍稍癒合的傷口在艾力激烈的扭腰衝刺下，又滲出了血點，還惹怒醫生，下達了「禁止運動」的命令。

「對不起，是我太不知分寸了。」

奈傑爾沮喪地垂下頭懺悔，認真檢討自己不該邀艾力來第二發。

不過也正因這場「激烈的運動」，證明了病人恢復良好。雖說傷口有些裂開，但醫生判定艾力明日就能夠出院了。

「知道就好。」艾力不屑地白了奈傑爾一眼。

「嘿嘿，不過能趕在今天跟你和好真是太好了。」

察覺到艾力的語氣沒有責怪，奈傑爾開心地抬起頭。

「嗯？怎麼了？」

「這個嘛……」奈傑爾搔了搔脖子，坦白道：「其實我明天要出國一個月。」

「明天？一個月？」艾力挑起眉梢，詫異地瞪大眼。

「還記得之前跟你提過，我與好朋友朗恩一起籌辦數位秀的事嗎？」

「朗恩·李？那個演藝經紀人？」

「對。」奈傑爾點點頭，「那場秀的重點是呈現亞洲的刺繡工藝，所以我必須飛去日本監工。本來我還在苦惱……若是我們一直僵持下去，我該怎麼告訴你這件事呢。」

「這種事傳個訊息就好了吧？」艾力不以為意。

「不行，我覺得這件事我要親自告訴你。更何況，我傳訊息你會看嗎？」

這個問題可問倒艾力了，事實上這幾日出於逃避的心理，奈傑爾傳的所有訊息艾力統統不讀不回，視而不見。

「好啦，反正我現在知道了。」他擺擺手，想跳過這個話題。

「總之能當面說出來真是太好了。」奈傑爾沒有追究下去，寵溺地給愛人台階下。他捧起艾力的臉，綻開欣慰的笑靨接著說，「嗳……艾力，至於我之前提過出演虛擬數位秀的事，你能答應我參加嗎？」

「放開我。」

「你先回答我。」

不知是不是關係升溫的緣故，奈傑爾的臉皮增厚許多，用力箍住艾力的雙頰，不讓他逃脫，而他毫不退讓的眼神，使艾力的心跳頓了一拍。

眼前的男人與在自己身下被插入時煽情的模樣相比，認真的英氣臉龐更能捕獲艾力的心弦。想當初，自己不就是在舞台上被奈傑爾認真的樣子所吸引的嗎？

「……如果……」艾力垂下眼瞼。

「如果？」

「如果我有自己的更衣間的話，我可以答應你。」他說出了條件。

「真的？太好了！」

奈傑爾心喜高呼，嘴角露出更燦爛的笑容。

「我話可先說在前，這次不接受拉簾。」

「當然了。艾力謝謝你，我又有動力工作了。」

他興奮地吻上他，而他沒有拒絕。如棉花糖的蜜吻叫人筋骨酥軟，兩人漸漸由輕啄般的細吻，演變成情慾纏綿的深吻，他們滑躺在床上沉醉其中。

「奈傑，夠了。你要害我明天不能出院嗎？」

察覺到事態越來越不妙，艾力猛然推開奈傑爾，趕忙喊停。

「呃，抱歉。但一想到明天開始有一個月無法見面，心就靜不下來……」奈傑爾看似懊惱地坦承自己的心思。

被迫結束與艾力的吻，讓人有些失落，但也沒辦法。

「一個月而已，又不是一年。」

「對了，不如你跟我去如何？」

「你瘋了嗎？光辦護照什麼的，根本來不及吧。再說你忘了，接下來的一個月我也有行程。」艾力立刻吐槽對方的提議。

「也是喔。你和克柔伊還有璀璨的後續拍攝要跑……」

經艾力提醒，奈傑爾才突然回想起有這麼一回事。

璀璨婚紗秀大獲成功，更因為艾力跨性別的反轉演出，在時尚圈掀起前所未有的婚紗熱潮。不僅各家婚紗店的詢問電話接到手軟，更有知名雜誌特別邀請艾力與克柔伊專門為這次的婚紗拍攝巡國的形象照。接下來的一個月裡，他們預計由英國出發，到法德、捷克、義大利等國家的各大知名古堡及教堂取景。

想來出院後，艾力的行程也會非常緊湊，不管自己是否有出國，兩人都會忙碌得無法見面。想到此，他一雙水藍色的眼珠不自覺黯淡下來，像隻受了委屈的可卡犬。

看奈傑爾一副可憐兮兮的樣子，艾力沒好氣地說道：

「真是的……我會回你訊息啦。三十幾天而已，給我忍住。」

「你會回我訊息嗎？我會傳很多給你喔。」

聽見愛人的承諾，奈傑爾瞬間復活。

「警告你，敢嫖妓你就死定了。」

「那我絕對會活得好好的。」愛人明顯的醋意讓奈傑爾的心情瞬間變成粉紅色，他順手解下脖子上的項鍊，替艾力戴上，「擔心的話，這個給你當人質吧。等我回來後，確認還是原裝的再還給我。」

「誰擔心了。」

艾力彆扭地否認，低頭把玩起胸前的項鍊。

他以為奈傑爾配戴的飾品理所當然是高價的精品首飾，然而被奈傑爾當作人質的項鍊，其墜子只是一顆拇指大小、墨黑的碎石塊。畸形的碎石被黑鋁絲纏綑起來，扣在細細的銀鍊上。

「這是什麼的原石？黑曜石？」

艾力好奇地將向項鍊舉起，透著燈光觀看起來。

「嗯。是屬透光的黑曜石沒錯，但比較特別的是它其實是隕石的碎片，是我很喜歡的蒐藏。」

奈傑爾得意地說出鍊墜的來源。

「隕石的碎片啊……果然呢，泛出來的光暈真美……」

艾力一直盯著石頭，露出罕見的微笑。他看得如痴如醉，捨不得移開視線。

看見艾力欣喜的表情，奈傑爾忍不住笑了笑，彎下腰，輕吻艾力的鼻尖：「你要是這麼喜歡，那就送給你了。」

「嗯？這句話感覺是變相承認自己會亂來的發言？」

「才不是呢，才不是那個意思。」

此時窗外的最後一道夕陽消失，天空換上了夜色，周圍一下子昏暗了下來。艾力瞧了眼牆上的掛鐘，催促奈傑爾離開。

「好了，你該回去了吧？」

「但我想多待一下。」

「你不需要整理行李嗎？」

「這……」奈傑爾看了一下錶，顯得有點不甘心。

「我會回你訊息的，好啦，快走啦。」

「我不能再待一分鐘嗎？」

「有一就有二，有二就有三，有三就沒完沒了，再待下去你還要不要工作？」

艾力拎起奈傑爾的包包，將他半推半塞地推到門口。他話還沒說完，薩曼的電話神準地打來，叮囑奈傑爾明日啟程前的要事。

「看吧。」

眼見不得不辦正事，奈傑爾才無奈妥協，「那好吧，我回去了，你真的要回我訊息喔。」

「知道啦。」

艾力揮揮手，催趕他快走。

奈傑爾邊走邊回頭，痴痴地望著艾力，直到拐彎後聽見艾力關門的聲音，才踩著不情不願的步伐來到電梯間。看著電梯燈號一樓一樓往上跳，奈傑爾幽幽地嘆了口氣。

雖說才心意相通就要分開叫人難以忍受，但起碼是圓滿的結局，不是嗎？起碼他不是帶著誤會離開。他在心中如此安慰著自己。

一會兒，叮的一聲電梯打開，奈傑爾百味雜陳地進入電梯內，最後眷戀地看了艾力病房的方向一眼，不捨地按下關門鍵。

然而說時遲那時快，電梯門闔上的霎那，竟被一隻手強行擋下，沉重的金屬門頓時發出咯噹巨響。奈傑爾還沒反應過來，只見艾力撥開銅門，乍然出現在眼前。

他一把攬過奈傑爾的頭，強勢地吻上他。

奈傑爾呆愣著，任由艾力吻他。電梯層層向下降，直到抵達一樓，艾力才放開他，並一把將他推出電梯外。

「好好工作，我等你。」

啪噹——

電梯門再次關閉。

奈傑爾傻站在原地，幾秒後，他摸著唇，噗哧一聲傻呵呵地竊笑出來。

果然，每一個事與願違，都是上天另有安排。

這句「我等你」，是奈傑爾聽過最動聽的語言。

另一頭，艾力緩步回到病房中，感覺周圍一下靜得詭異。

少了奈傑爾的聲音，似乎一切都不太對勁。他走到窗戶旁，勾起窗簾的一小角，正巧看見奈傑爾步出醫院，往停車場走去。

他默默注視著他，直到那抹身影消失在入夜的濃霧中好久好久，艾力才放下窗簾，窩回被子。

艾力緊握著胸前的墜鍊，緩緩閉上眼睛。腦中浮現出奈傑爾躺在自己身下，向自己討吻時醉眼迷情的樣子。

煽情的場景一幕幕跳出來，不自覺下腹一緊，又起了慾念。他捏著奈傑爾的墜子，忍不住動手自己套弄起來。

腦中激情的畫面越來越清晰，快感也逐漸攀升。慾望釋放的同時，艾力的鼻間彷彿聞到了屬於對方，那股甜膩的奶茶味。

他怔怔地看著手掌中自己的液體，陷入沉思。

原來……壓抑不住思念的……其實是自己嗎？

第八章

隔日，奈傑爾如期出國，而艾力也展開了一系列的攝影工作。

為了就近照應艾力，奈傑爾委託薩曼擔任艾力的臨時助理，隨行這次的巡國拍攝。

他們一行人從倫敦出發，搭飛機抵達德國科隆，再南下捷克、義大利，遊列一圈繞至法國後，再返程回英國。

整個拍攝的過程非常緊湊，攝影團隊為了捕捉每間古堡及教堂，晨間與夜晚各種風情萬種的景色，這一個月來，每天模特兒們都是凌晨時分便就位梳畫，然後輪迴著攝影、補妝、換裝、移動的作業流程，直到深夜。

到正式結束為期三個星期的拍攝時，他們共計走訪了五個國家、七十幾個景點。這種殺人行程連對體能超級有自信的薩曼也大喊吃不消。

「好喔，把拔也很想妳喔！把拔買了好多禮物要給妳喔！馬上就能見到面了，乖乖聽媽咪的話喔，最愛妳了，拜拜。」

在回程的列車上，薩曼摟著手機，不斷對著螢幕肉麻地又親又吻，惹來許多路人投以異樣的眼光，看得坐在一旁的艾力尷尬癌發作。

「我真佩服你，一樣的話這個月都說不膩。」艾力稍稍移開墨鏡，揶揄道。

「嘖嘖嘖，你不懂，對可愛的女兒，說我愛妳上萬次都不夠。唉……好想她喔……」薩曼搖搖食指，看著手機桌面，痴傻的父愛藏不住，滿臉幸福洋溢。

「抱歉喔，硬要你陪不可愛的人一個月。」

艾力癟癟嘴，低頭啜了口咖啡。

「怎麼會？我覺得你可不可愛重要嗎？反正在奈傑的眼裡，你像隻小橘貓一樣超級可愛就夠了啊。」

還沒等薩說完，艾力剛喝下的咖啡瞬間噗的一聲全噴了出來，吐了薩曼一身。

「你幹什麼？髒死了！」

薩曼嫌惡地撥去臉上的咖啡。

「誰叫你要講莫名其妙噁心死的話！」艾力大聲指責道。

「又不是我自己講的。」薩曼拉出紙巾擦拭，一邊清理一邊抱怨，「我的天啊，這件衣服報銷了啦。」

「好好好好，回去賠你一件可以了吧！」

奈傑爾那混帳。艾力在心裡暗罵。

「好男人說話算話。」

「你根本故意的。」

「被發現啦？哈哈哈哈哈！」薩曼大笑幾聲，毫不理會艾力埋怨的眼神。

相處這一個月下來，他早就摸透艾力的個性了。艾力嘴上鋒利割人，但內心比頂級的喀什米爾羊毛還柔軟，難怪某人一陷進去就再也拔不出來了。

「我說，你今天回奈傑訊息了嗎？」薩曼問道。

沒錯，盯著艾力回訊息也是他的工作之一。

「呃……還沒……」艾力心虛地別開眼。

「我說啊，偶爾自動自發一點好不好？」

「他每天都傳一樣的話，我又不知道要回什麼……」

艾力噘起嘴，為自己發出小小的抗議。

「哎呀，也是啦。我想不外乎就是我愛你啦、很想你之類的話。」

「你怎麼知道？」

「怎麼會不知道，這不就是我跟我女兒講的話嗎？看來奈傑真是愛慘你了。」薩曼雙手一攤，一副神者預言的模樣，驕傲地接著道：「我太了解他了，奈傑他啊，就是會一直提起喜歡的東西，他會天天說、月月說、年年說，不停說，說到你煩。就算恐嚇他別再說了，他依舊會不停地說說說說說。」

的確，奈傑爾每日的問候訊息裡，有一半以上都是「我愛你、很想你」這兩句話。

現今有句名言是「如果你不尷尬，那尷尬的就是別人」，每天看見奈傑爾熱情到彷彿會燒掉手機的訊息，艾力都尷尬得不知道要回什麼。

他盯著與奈傑爾的對話框，語氣有些遲疑地說：

「其實他這樣積極表示好感……讓我有點……煩惱？」

「好奢侈的煩惱啊。」薩曼玩笑似的瞟了眼對方。

「我是很認真地陳述事實。」艾力不管薩曼的揶揄，認真地逕自說，「我的母親，年輕時是名很美的模特兒，我長得像她。」

「這我有聽奈傑提起過。」

這點薩曼不否認。自從他們進入車廂後，看向他們的視線除了有一小撮人是對自己誇張的傻父行為投以白眼之外，其餘有百分之九十九點九九九九……的視線都是落在艾力身上。不管男女，人人眼神都露出愛慕的水波。

「我先說，我不是在自誇，只是從以前周圍會喜歡我的人，幾乎都是衝著我的長相來的……我只是怕……」

「奈傑有說過他喜歡你的長相嗎？」

艾力後續的話，不用說薩曼也明白，於是單刀直入地問了。

「是……沒有……」艾力頓了頓，回憶起奈傑爾在露營車上初次告白的情況，「記憶中，他只說是因為感覺，他感覺我們合得來。但我真的不明白，人真的能只憑感覺就愛上對方嗎？而我除了長相之外，到底哪裡吸引他了？」

聽見艾力的疑問，薩曼心裡直搖頭。沒想到眼前這位少年，真的是什麼都不懂啊！看來他必須出面教育一下了。

薩曼爸爸出動！

「為什麼你認為，非得要什麼理由才能愛上一個人？那你為什麼喜歡奈傑？」

薩曼一改輕鬆態度，認真反問。艾力也感覺到氣氛稍微嚴肅起來，不禁挺背正座。

「呃……為什麼……因為他在工作的樣子很認真……」

不知為何，艾力感覺自己回答得有些心虛。

「只因為認真的話，我工作也很認真啊，你怎麼就沒愛上我？攝影師們工作也很認真，不是嗎？你怎麼就沒愛上他們？」

「這……」艾力被堵得語塞，只好沉默下來。

「你知道嗎？我和奈傑，是在一檔製作服裝設計的電視真人秀中認識的。」

艾力不懂薩曼突然另開話題的原因，於是保持沉默，靜靜地聽下去。而薩曼也沒理會艾力的沉默，接著說：

「說真的，剛開始我特別討厭他。比賽時奈傑很少跟其他人互動，拿到布就埋頭開始做，完全不理會周圍情況。我當時覺得這個人都不屑和別人分享設計理念，裝什麼清高。」

薩曼一邊說一邊搬弄手指，完全沉浸在過去的記憶裡，臉上浮出淡笑。

「後來主持人訪問我設計理念時，我講了很多，自以為講得很好，殊不知馬上被吐槽得體無完膚，我當時很受傷呢。然後主持人訪問的下一位就是奈傑，我本來還想看他出糗，想說他每次都沒想就開始做，看來是一個頭腦簡單的傢伙吧……誰知道，奈傑並沒有回答他，奈傑反而問主持人……」

「問他什麼？」

只見薩曼說到這裡就停住，艾力好奇得主動詢問。

「他問他：『人一定要特定表達什麼理念，才能創作嗎？不能只是因為喜歡而創作嗎？』。」薩曼咧嘴開心地笑了笑，「那一刻啊，我對他的成見一掃而空，覺得這個人帥斃了。什麼理念都是狗屁，難道設計者們不能因為單純享受做衣服的樂趣，所以做衣服嗎？難道一定要講出一番宏偉的道理才允許做設計嗎？不是這樣的，對吧？我想同理可證，愛一個人也不需要什麼理由。單純是因為奈傑想愛，所以他愛。」

「單純……想愛？」艾力似懂非懂，喃喃自語起來。

「難道奈傑必須找到你身上特定的某個點，才能說我愛你嗎？」薩曼頓了頓，似乎特意留給艾力思考的空間，然後繼續說：「或者說，這樣才能被你認同他是愛你的？假設奈傑真的是為了你這張漂亮的臉而愛上你的，那也算是看中你的某個特點吧？你又何必自尋苦惱？」

薩曼一連串的問題使艾力陷入深沉的思緒。

「你住院的期間，奈傑為了把星塵修補好，每天都忙到沒時間睡覺。」薩曼拿出手機，點開一則影片給艾力看。

這段影片原本是他記錄製作步驟用的，現在正好派上用場。

只見奈傑爾跪在人型立架前，認真地縫補衣況悽慘的星塵。

高級訂製婚紗的所有細節都是由手工縫製的，本來就很費工時，加上艾力上場後又狠狠手撕了一波，珍珠與亮片更是成串成串地掉。

畫面中的奈傑爾頂著烏青的黑眼圈，一針一針串起珍珠、一線一線繡縫亮片，過了好久才修補好大約一片手掌大小而已。可謂摧毀易，重建難。期間他還因用眼過度，瘦澀得不斷眨眼，看得艾力皺起眉頭，暗暗心疼起來。

「星塵裂得這麼慘，奈傑能在幾天內補完真是奇蹟中的奇蹟。雖然某人一直不見他，使他很沮喪，但為了讓某人穿上美美的衣服拍照，奈傑可是拚盡了全力啊。」

「什麼為了某人，那是他的工作吧？」

艾力端出無動於衷的表情反駁，但心底的某一處早已悄悄融化。

「班納特家可是擁有業界技藝最優秀的裁縫工班，他這個老闆何必累得要死要活，自己動手做？不過，你看！奈傑累雖累，但表情看起來是不是很幸福呢？」

察覺到艾力的心情，薩曼刻意放大手機畫面，追加補充道。

為何奈傑爾不願借他人之力，堅持自己完成呢？

答案自然是——為了心愛的人製作的衣服，當然要自己親手完成啊。

『我羨慕我爸爸遇到了真愛，他傾注了所有的感情，為真愛製作衣服。我也很想體驗一次為了所愛的人親手縫製衣服，那份沉浸在愛裡的心情。』

忽然，奈傑爾之前說過的話猛然跳出艾力的腦海，大片嫣紅席捲他的臉頰。

「哎呀哎呀，莫非你想到了什麼兒童不宜的事？臉超紅的。」薩曼發現艾力臉色的變化，出言調侃他。

「你才想歪了，我、我要去買飲料。」

艾力起身走向餐車，藉口躲避薩曼的捉弄。

「作為一個大你一點點的人生前輩，我就好心告訴你：做衣服沒有理由，愛情更沒有理由。」

「你不只大我一點點吧。」艾力吐槽。

「那是你太老了嘍。」薩曼擺出一副欠打的表情，「去買瓶熱牛奶吧，喝完好好睡一覺，等你做了好夢醒來，我們就回到家嘍。」

「別用對女兒的模式和我說話。」

「哈哈哈哈哈。」

艾力給了薩曼一個大白眼後，緊急逃往餐車。

窗外艷陽的光點隨著列車的移動搖晃著，艾力目不轉睛地盯著外頭白燦燦的雪花，薩曼的話字字句句迴盪在艾力腦中。

因為想愛，所以去愛。

他沒有想像過自己某一天，也能不需要任何外衣或包裝，就無條件接受另一個人的愛。

艾力翩然行走在走道間，把玩起胸前的黑曜石項鍊，沉醉在墜鍊主人喊著自己名字時真摯燦爛的笑容。他不自覺地笑了，全然沒注意到周圍錯身而過的人們對他散發戀慕的眼神。

好夢是嗎？

艾力來到餐車，向服務生點了杯熱呼呼的牛奶，然後選了一個角落的位置坐下，細細品嘗。

再過一個星期，奈傑爾就會回來了。也許他可以在充滿暖意的露營車裡，一邊做好夢一邊看星星，等著奈傑爾回來。

想著想著，沾著香甜牛奶的唇微微上揚。

不過，這時的艾力渾然不知，等待他的並不是美好的夢境，而是一場將他推入萬丈深淵的惡夢。

◇

克柔伊在社交帳號的一則黑料貼文，將奈傑爾與艾力推上時尚界輿論的頂峰。

她在貼文中聲淚俱下地控訴，奈傑爾要求模特兒用性交易的方式來換取走秀的機會。說奈傑爾道貌岸然，為了與她發生關係，甚至為了討好她，還特意帶她出門觀星看夜景。

克柔伊哭訴著「璀璨」的主模本來是自己，卻沒想到被要求發生關係不成，艾力又借機勾引，以至於自己主模的職位慘遭撤換。

不僅僅如此，她還附上一則十幾秒的側錄影片，指控奈傑爾為了與艾力在秀場中還能「方便行事」，不顧秀場後台的秩序，執意替當時默默無名的艾力加裝特殊待遇的拉簾。

在附加的片段當中，只見奈傑爾拉著艾力的手走進拉簾內，透過微光，還隱約能見到其中一人蹲跪在另一人腿前的影子。

這段拚接出來、含沙射影的曖昧影片讓人想入非非，激烈的輿論一下子在網路上爆炸。

儘管當事人都知道事實是什麼，奈傑爾會進入拉簾內僅僅是為了修補婚紗，但真相是什麼，又有誰在乎呢？

看著克柔伊一把眼淚一把鼻涕哭訴的假惺惺影片，薩曼整個人氣炸了，差點捏爆手機。

「這女人在搞什麼呀！捏造這種容易拆穿的謠言能有多少好處？」

「可能就是很多好處吧……誰知道。」

艾力眉頭緊皺，鐵青著臉。

「我的天，這可怎麼辦？下一季的訂單已經退訂快六成了，這樣下去可不得了啊。真是的，奈傑還沒回來……天啊、天啊！」

焦急的薩曼抱著頭，刷著不斷增加的退貨信件發出陣陣慘哀。

奈傑爾在國外，遠水救不了近火。而可以作主的蘿菈在媒體的夾攻圍堵下，卻直推說與奈傑爾的姊弟關係長年不佳，無可奉告。這回答無疑加深了大眾負面的猜想，一連串對班納特家不利的杜撰報導接踵而來。

薩曼在設計室中來回踱步，急得跳腳，眼看聚集在精品店外的群眾越來越多，不得已下發出了休店通知。

「他什麼時候回來？」艾力問。

薩曼看了看腕錶，說：「應該已經上飛機了，但再怎麼樣也是明天才會到。」

「明天嗎？」

「正確來說是今晚二十三點五十六分飛機著陸。但這件事不能拖啊，這種事拖越久，越會被說作賊心虛不敢承認。訂單就算了，錢沒了往後有得是機會賺回來，但聲譽毀了就什麼都完了啊。失去長久以來累積的信任聲譽，班納特哪來的訂單？」

聞言，艾力認同點頭。

的確如此，這是一環接一環，關聯深遠的大事。

更何況，艾力的社交網頁上正不分青紅皂白的罵聲一片，群眾的威力不可小覷。

「我們有沒有什麼證據能反駁克柔伊？譬如說之前開會有錄音什麼的嗎？」艾力問道。

「錄音……？」

薩曼腦袋一歪，不懂艾力所指何事。

「就是璀璨行前會議的錄音。開會照理都會例行錄音吧？也許不能當非常有力的證據，但至少可以佐證我們不是靠潛規則上位。」艾力補充說明。

「是有錄音，但那種東西公司是不可能拿出來的，那天鬧成那樣你又不是不——」薩曼說到半途突然消音，腦內靈光乍現，激動地道：「等等、等等、等等……我有樣東西……雖說不是開會錄音，但我想，我們手上有一樣比錄音還有力的證據。」

「是什麼？」

「行車紀錄器。」

「行車紀錄器？」

艾力歪頭。

「對！」薩曼先是開心點頭，隨後又憂愁地說：「但我不確定還能不能拿到……」

「你到底什麼意思？」

薩曼一下喜一下憂的，搞得艾力很混亂。

原來奈傑爾邀克柔伊去觀星的那晚，由於奈傑爾對「那檔事」不斷裝死，克柔伊憤而劫走他的車，最後還將車撞爛個稀巴爛，上面的行車紀錄器就完整錄下了克柔伊心有不甘，痛罵奈傑爾的全部過程。

而行車紀錄的數據會全部同步上傳到使用者雲端，不過原片被薩曼更新維護時刪除了，但行車紀錄器的公司一定有備份。

「能要到嗎？」

「照理說是能要到，我現在立刻聯絡看看。」

然而現實總是無情，在一番交涉後，行車紀錄器公司仍以個資法回絕了薩曼的請求，至此，他們又陷入了困境。

「都怪我，當初怎麼把紀錄刪了？我到底在幹嘛？我這個笨蛋、白痴、智障——！」薩曼瘋狂抓著頭吼，焦急得像熱鍋上的螞蟻。

「好了——薩曼，你這樣自殘也沒用。」

「我知道沒用，但我們端端正正地做事，現在卻連自證清白都做不到，我能不著急嗎？」

自證清白……

聽見薩曼的話，艾力胃部不由得一緊，他撫摸著胸前的項鍊，深思了好一會兒，某個瘋狂的想法忽然湧上腦中。

「你別擔心，薩曼，我們可以自證清白的。」

「真的？你有辦法？」

一聽此話，薩曼喜出望外。艾力則沒有接話，只是眼神堅毅地點了點頭。

「快說！我們該怎麼做呢？」薩曼催促著。

「你什麼都不用做，只要把星塵借我，兩個小時後來露營車裡跟我會合。」

「星塵？你要星塵做什麼？」

得知艾力的要求，薩曼驚訝得皺眉。就算星塵是奈傑爾做給艾力的衣服，但終歸是班納特公開出品，並非私下贈與之物，擅作主張外借讓薩曼實在很難點頭。

「拜託薩曼，相信我好嗎？請你相信我絕不會做出傷害奈傑爾的事。」

請相信我，是愛著他的。

最後一句話，艾力留在心底，同時體會到了先前奈傑爾想表達愛，卻難以傳達，心有餘而力不足的沮喪。

如寶石的鳶尾花紫眸流洩出真摯的情感，他失盡傲氣、垂下眉懇求的姿態令薩曼為之動容。過了幾秒，薩曼感嘆一聲，走到衣掛間取下一只黑色的防塵袋：「……好吧，可以借你……但要保證衣服完整。」

「那當然。謝謝你，薩曼。」

得到薩曼的首肯，艾力笑了。

接過沉甸甸的婚紗，艾力收起笑容，欣慰的眼眸一沉，轉身下樓，獨留一頭霧水的薩曼。

◇

即便時序進入早春，英國白天的日照仍舊短暫。才剛過下午，大地就換上暗灰，四周漸漸鋪上茫茫霧色。

兩個小時後，薩曼依約來到後院的露營車。

只見在車中的艾力已經畫好完妝、身穿星塵婚紗等著他。

「你到底打算做什麼？」

「我現在打算開直播，我要你用你的手機同步直播到班納特的營運帳號上。」

「直播？」薩曼瞪著眼訝異地詢問，「你是有什麼證據嗎？」

艾力輕笑一聲：「有啊！『我』就是最有力的證據。」

「我不明白你在說什麼，而且用公司的帳號？不不不，不行，這太貿然了！」艾力的回答等於沒有回答，薩曼狂搖頭表示拒絕。

「不要忸忸怩怩的了，之前據理力爭的你去哪裡了？不是說這件事無法拖嗎？」

「可是，這……我根本不知道你要做什麼，不行。」薩曼再次拒絕。

「就算你不用班納特的帳號，我也會用我自己的帳號直播的。克柔伊的髒水潑向我們，搞得外界認定我們是一起的。現在不管誰表明立場，都沒有你我之差了。」艾力說著，有些微怒。

「我沒有要跟你分你我的意思，只是你我都不是經營者，我們沒有權利用公司的名義做這些事情——！」

薩曼迎上艾力的怒意，說出了他的立場與擔憂，接著兩人之間轉為沉默。

不知時間流動了多久，艾力的態度先軟了下來。

「薩曼……我知道你是一個堅持原則、負責任的好爸爸。你不會忍心看著班納特垮下的，對吧？你剛剛也說了，這種事拖不得。」

「我……」薩曼聽著，欲言又止。

能進入班納特的，都是業界頂尖的設計師。他在這裡工作，為的不僅僅是一份薪水，也是為自己設計衣服的夢想，更是為了身為一個服裝設計師的榮耀，當然不可能眼睜睜看著班納特陷入困境。

「薩曼，請你相信我，我絕不會做出傷害奈傑爾或班納特的事。」

見薩曼緊握拳頭，猶豫不決，艾力誠懇地低聲請求，再次重複先前承諾的話語。

人到底要怎麼做，才能證明自己的心意呢？

在這危機當頭的時刻，艾力又不禁想起這個問題。人的心意既不能像銀行那樣收支開票作抵押，就算開膛剖肚挖出來，也看不出真心與否。

原來，無法獲得信任的感覺，竟是如此痛苦難受。

原來這就是奈傑爾歷經過的感受……

艾力想著，不禁垂下了頭。

同時薩曼的內心也在掙扎，雖不曉得艾力的葫蘆裡在賣什麼藥，但在一番猶豫後，他還是決定照著艾力的要求，放手博一次吧。反正衣服都借了，在這節骨眼退縮，也太失男子氣魄了。

重點是，他相信艾力。

他相信艾力一定能守護奈傑爾。他發自內心地這麼認為。

「好吧！播就播！反正蘿菈都不管這件事，身為員工也只能自救了！」

聽到薩曼這樣的結語，艾力抬起頭，面露感激。

接著薩曼從店裡取來簡易的攝影設備，兩人開始架設鏡頭。就這樣，艾力在前後左右四顆鏡頭的包圍下，無死角地開始了直播。

不出所料，才剛開直播，就湧入好幾萬人同時在線觀看。

「Hi！大家好，我是艾力。」艾力挺胸正坐，面對鏡頭揮了揮手，「相信大家都看過克柔伊小姐的貼文了，我在這裡先謝謝大家的關心。」

他氣定神閒地開場，薩曼則在一旁焦慮地來回踱步。

「正如大家所想的，會開這次直播，主要是回應克柔伊小姐對我的指控。」

雖然艾力什麼都還沒說，不過留言區裡卻已炸翻了，有許多不分是非頭尾的鍵盤魔人開始主持自以為是的正義。各種批判占滿螢幕，用字遣詞低俗不雅，連薩曼都不忍直視，只能緊張得不斷吞嚥唾沫。

即便直播間內惡意的批評如浪潮般一波波湧進，不過艾力依然不疾不徐地繼續講下去：

「我現在的妝髮還有穿著，都是比照走秀當天的樣子。現在我就來倒敘還原當日在後台的幕簾裡，我所做的所有事情吧。我今天特別請了一個助手，等等他會幫我。」

說著，他示意薩曼在鏡頭前招了招手。

「通常我會在化好妝後，最後套上秀服，大家現在看到的我，是我完妝準備上台的樣子。所以第一，就讓我們先把婚紗脫掉吧。」

艾力一邊說，一邊爽快地脫去了星塵婚紗，露出光潔的身軀，只留了一件樸素的三角褲。而身旁的薩曼看著，內心忍不住讚嘆，眼前的人身軀肌膚相當白皙，一顆痣也沒有，完美得不像真人的皮膚。

緊接著艾力摘下了假睫毛，倒出卸妝油，對著鏡頭一邊說話一邊卸起妝來：

「沒戴假睫毛，精神真的差很多對吧？雖然卸妝是一瞬間的事情，但是整個上妝的過程需要好幾個小時呢。坐著都不能動，其實屁股很難受……但其實對我而言，最難受的是要忍受皮膚悶熱。」

「皮膚悶熱？」

聽到這裡，薩曼歪頭，不自覺地發出疑問。

奇怪？艾力現在不是裸身嗎？哪會悶熱？國王的新衣？

「哦？我的助理發出疑問了。我想這同時也是大家的疑問吧？」

鏡頭前艾力嫣然一笑，他伸手按住自己的左胸，甜甜說道：「現在就來替大家解答。大家準備好了嗎？三、二、一！」

艾力倒數的同時，嘶唰一聲。

只見他左胸上的乳頭瞬間被扯下來。

這幕不只薩曼受到驚嚇，留言區也是一陣譁然。艾力將撕下來的乳頭舉在鏡頭前，讓大家看個仔細。

「你們看！是不是做得很像呢？這個是義乳乳頭的貼片，是委託手藝很好的模型師傅幫忙做的。很精緻吧？」艾力笑著又秀了一下乳頭後，繼續說，「至於為什麼我需要義乳呢？原因是……因為……我沒有這個東西……」

語落，艾力同時撕下貼在身上的人工皮膚。

下一秒，大片深青褐色、醜惡凹凸，彷彿毒瘤附身般的傷痕赫然展現在鏡頭前，一旁的薩曼見狀惶恐地連連倒退好幾步，直播間的觀眾無預警受到驚嚇，一時髒話四起，觀看人數瞬間銳減。

艾力抬眼盯著螢幕上驟降的觀看人數，過了一會兒才默默開口，「好多人離開直播了，想必嚇到大家了吧？我很抱歉，但我不想再隱藏。」

他靜靜地說。

「這就是我。這就是我的樣子。請助手替我把背後的人工皮也撕掉吧，讓大家看看我最真實的樣貌。」

收到號令，薩曼吞了吞喉嚨，戰戰兢兢地繞到艾力背後，照著他的指示，一寸寸撥開他背上的肌膚。撕到腰間的部位時，薩曼蹲了下來，親手剝除黏性頑強的人工皮。而他為了換人工皮自然蹲下的舉動，也間接打臉了克柔伊所發的曖昧影片。

「你就直接撕下來沒關係，我的皮膚基本上就是一片死肉，它們早就喪失知覺，不會痛的。」

感受到薩曼手間的猶豫，艾力出言安慰說。

「你確定？」

「嗯。」艾力點頭。

「那好吧！」

薩曼應聲，並快手撕下殘餘的皮膚。至此，艾力身上所有的傷痕在鏡頭的包圍之下，毫無遮掩地公之於眾。

他在鏡頭前原地轉身，毫無保留地展現身上的每一寸傷。艾力一邊旋轉，一邊解釋：

「我在多年前出了一場意外，所以變成現在這副模樣。雖然復健的過程很痛苦，可是現在我已感覺不到任何疼痛了。我想，直播裡的評論已經足以證明大眾對我的傷疤最直白的看法。」

艾力冷著臉坦言，「就如同大家所看到的，憑這樣的身體根本勾引不了任何人。我是以我的實力，獲得班納特先生的信任，得到這個舞台。克柔伊·梅普斯小姐，我尊重妳發言的權利及自由，但請妳不要侮辱我的人格。借這個場合，我在這裡正式宣布，以散播不實謠言向妳提起控訴，不接受和解。」

艾力簡潔、鄭重地說出宣言後，逕自關閉了直播。

直播結束後的好一段時間裡，薩曼的手掌仍冒著冷汗，保持沉默，沒有對艾力直播的內容表達任何看法。

過了好幾分鐘，他平復了心情，才找回說話的功能。

「你……何必如此呢？」

「我怎樣了？」

「這樣一來，你也受傷了不是嗎？一定還有很多方法可以證明吧……」

他問他，但並不是用質問的語氣。

艾力沒有回答，只是安靜地坐著。

「我的天呀！我會被罵死的，我一定會被奈傑罵死！他一定會以為是我答應你這麼做的……我要是知道你是要用這種方式自清，我……天啊！艾力，這世界不像迪士尼動畫那麼美好，不是每個人都善良，你、你知道嗎？」

薩曼劈哩啪啦講著，卻逐漸講不出話來。他真心替艾力感到不值。世界並不美好，艾力當然知道。

他也能料到這場直播以後，難聽的輿論絕對會排山倒海，一定有人會抨擊他賣慘博同情，但他現在管不了這麼多。

「這個方式最快，是你說事情不能拖的。」艾力一邊說一邊套上衣服。

「是沒錯，是我說的沒錯，但是……」薩曼一時無語，索性大手一揮嘆道，「哎呀！總之我拜託你不要再亂來了，我剛剛差點被你嚇死。」

「你嚇到是因為我的傷，還是因為我的舉動？」

「都、都有吧。」

薩曼大方承認，要說沒有因為艾力的傷疤而嚇到，那就太矯情了。

「你真誠實。」

「這是做人的基本，我要以身作則，樹立好榜樣給我女兒看。」薩曼停頓了一下，接著講，「雖然這麼說對你很抱歉，但我想你剛剛的直播足以讓輿論風向轉變了，看樣子應該能撐到明天奈傑回來處理。」

「但願如此。」艾力應和，看著鼻頭發紅的薩曼笑問，「你幹嘛啊？超級爸爸哭什麼。」

「不，我只覺得你犧牲太大了。」

薩曼的話裡摻了濃濃的鼻音。

「這也不是犧牲吧，這些傷早就有了，又不是為了婚紗秀弄的……再說，班納特這個品牌乘載著許多人的理念和榮耀，你不也是嗎？」

聽見艾力安慰的話語，薩曼緊緊抱住對方，感性地落下男兒淚：「我感謝你艾力，我替奈傑謝你，班納特謝謝你。」

艾力微笑，欣然收下這份感謝。

犧牲大嗎？或者說，這算犧牲嗎？

艾力分辨不出來，他只知道他想這麼做。

他想守護奈傑爾辛苦維持的榮耀。

他知道，他為了他，遍體鱗傷也無所謂。他為了他，能奮不顧身，忘了自己。

砰、砰、砰、砰——

忽然一陣急促的敲門聲響起，打斷了兩人惺惺相惜的時刻。

艾力反射性地朝窗戶望了一眼，隱約在車外的薄霧中看見一抹女人的側影。還以為是店員有事要通知，艾力立刻開門。

意外的是，來者竟是奈傑爾的姊姊，蘿菈。

她兩側耳鬢的髮絲凌亂，額頭沁著薄汗，連套裝裙襬也因跨步而有些許拉皺，一看就知道她有多慌忙，想必是看到直播後匆匆趕來的。

艾力本就對蘿菈沒有好感，加上在醫院時又遭遇她先生柯林的襲擊，導致在看見對方的第一眼，艾力馬上深鎖眉頭，溫和的表情換成微慍的怒容。

另一方面，蘿菈的反應也好不到哪裡去，她一看見艾力，表情彷彿遭雷擊一般晴天霹靂。

「你竟然真的在這裡……奈傑居然讓你進車裡？」

她訝異地問，不敢置信地搖頭，盯著出現在眼前的人，接著瞄見艾力胸前的項鍊時，蘿菈更是錯愕地退了一步。

「基本上這已經是我的車了，我不會請妳到裡頭小坐的。」

艾力昂起下巴，高調宣示主權。

「我也不想進去，反正一定汙穢至極。」

「既然不是來聊天的，沒事的話請妳離開，蘿菈姊姊。」

蘿菈露骨厭惡的態度，使艾力不自覺地握緊雙拳，內心對蘿菈的反感加劇。他挑釁地客氣稱謂對方，直接下了逐客令。

「等等，你剛剛的直播我看了，我有事要找你談。」

見艾力要關門趕人，蘿菈的語氣比一開始稍稍軟了些，主動說明來意。

「我沒空。」艾力不屑咂舌。

「我們勢必得談談。」

「我警告妳，別擅自用『我們』這個詞。」

「但是你擅自用了班納特的名義發表立場，難道我沒有資格找你談嗎？難道你想和我的律師談？」

「妳威脅我？」

面對蘿菈的威嚇，艾力心中升起一股藐視的情緒。一個出了事就推得一乾二淨的人，有什麼資格語出威脅。

他怒瞪著她，紫色的美眸釋出陰冷的寒氣。

「……我只是在說服你。」似乎是感受到艾力不寒而慄的怒意，蘿菈頓了頓，婉轉解釋起來，「這件事情非同小可，家裡的長輩都在趕來的途中了，爺爺也會來，他們希望見你一面。而且我已經派人去機場了，等奈傑一出關，就會直接帶他回去家裡。」

艾力揚起眉梢卻不作聲，明顯被蘿菈說服了。

眼看對方貌似接受了自己的說詞，蘿菈指了一下車內的薩曼繼續說，「事情總要解決的，你考慮一下吧。若想好了，直接過來班納特家就可以，薩曼知道地址。」

說完，蘿菈轉頭就走。

凝視著蘿菈漸遠的身影，薩曼與艾力僵在原地，默不作聲。黑幕逐漸降臨，冷夜徹底包圍了兩人，艾力呼出的每一口空氣都因壓抑的怒氣變得混濁。

不知隔了多久，薩曼才開口憂心地詢問艾力：

「你要去嗎？」

這幾個月下來，他多多少少從奈傑爾口中聽說過艾力的事情。不單知曉兩家人上一代的愛恨糾葛，也知道了四年前艾力無故缺席秀展的始末。

「讓我……考慮一下。」

艾力說著，自顧自地越過薩曼，走進車底倒床就睡。

儘管對情況發展感到焦躁不安，但薩曼仍保持尊重，不催促艾力現下必須給答覆。

「那……那我先回設計室了，你有想法的話就打給我。」

縱使車尾沒有傳來回應，但薩曼知道艾力聽見了。他躊躇了一會兒，又往車內張望了幾下，隨後嘆了口氣，默默離開後院。

第九章

越近暮色，冰冷空氣中的濕氣越發濃厚，路上行人不時冒出擤鼻子的聲音，讓人連呼吸都覺得凝難。

照著薩曼給的地址，艾力驅車來到位在市區中央一棟灰磚藍瓦，極具現代幾何樣貌的建築前，偌大的前庭還留著維多利亞時期繁複的造園風格，整體與班納特家服飾店的設計如出一轍。

艾力站在門口的灰泥台階，猶豫了半晌後，才按下電鈴。

高分貝的門鈴聲響起，室內對講機的畫面中顯示艾力蒼白的面孔。

「果然還是來了。來人，請他進來。」

蘿菈盯著監控畫面，勾起一抹耐人尋味的微笑。

氣派高聳的古銅色門扉緩緩向左右敞開，侍者先是恭敬地行禮，隨後領著艾力進門。他們先是穿過一道單調的T字型長廊，接著來到主屋內部。

客廳的空氣被壁爐的柴火烘烤得熱呼呼的，不過艾力的情緒並未被暖流渲染，神情依舊淡漠。

「歡迎你來，艾力。」

蘿菈擠出一絲表面笑容，敞開雙臂歡迎艾力。

「我不需要虛假的微笑。其他人在哪裡？不是說有事要商量，那就有屁快放。」

艾力毫不留情，直言戳破蘿菈偽善的面具。

「呃……爺爺他們還在路上，就快到了，只能請你稍等。」蘿菈的表情瞬間僵硬，但她隨即壓下錯愕，簡單跟艾力解釋道。

「呿！」艾力噓聲抱怨，不耐煩地說，「我是為了奈傑爾才來的，不是為了跟妳乾瞪眼。」

「既然如此，乾脆去奈傑房間等如何？等長輩們到了，我再請人通知你。」

由於從進門到現在，艾力完全沒給蘿菈好臉色。在傭人面前失去顏面的蘿菈，回覆的語氣又變回陌生的口吻。

「不會很久吧？」

「你想走，隨時都可以走，不勉強。」蘿菈冷言回答。

艾力吐了口氣，內心牢騷不斷。他其實一秒鐘都不想待，可既然都來了，為了奈傑爾，只能勉為其難地等一下了。

「他房間在哪裡？」他不情願地問。

「走道的另一端。」蘿菈指著走廊右面的一道雙拱門說，「那半邊全是奈傑的房間。」

侍者朝艾力點點頭，表示他跟著自己，接著他帶著艾力穿過長長的走廊，來到屋子的另一側。而這裡與其說是奈傑爾的房間，不如說另一半邊的主屋。

於班納特的宅邸內，左邊是蘿菈的所屬，右邊則是奈傑爾的領域。

他們在事業上互不干涉，在家中也是。

看來蘿菈與奈傑爾的關係，就如他們自己所言，真的不太好。走廊才剛過一半，艾力便眼尖地察覺周圍不再有打掃過的痕跡，光是地毯的顏色就差了一大截。

越往裡面走，越能感受到空氣中飄散著悶厚的灰塵。

一進入奈傑爾的房裡，除了家具，四周墨綠色的牆面似乎都附著一層淺灰，看來這空間的主人確實很久沒回來了。

侍者領著艾力來到小前廳內，這個房間的前段是專門接待客人的空間。侍者揭開罩在沙發上的布套，一瞬間細塵飛揚，艾力忍不住揉了揉鼻子。

這個小客廳旁還附著一間日照極好的小屋。小屋是斜頂打造，天頂彩繪著星座的圖樣，其中的三面牆結構以玻璃窗為主，玻璃延續至天頂引景入室，能夠一百八十度欣賞戶外的花園。

侍者稍微整理了一下環境後，便禮貌地退出。

不過艾力並沒有坐下等待，而是饒富興致地打量起這個空間。他環視奈傑爾從小生長的地方，抱著玩心參觀起來，走到一排擺滿物品，雕刻細膩的壁櫃前。

層櫃裡琳瑯滿目，蒐藏著一些服飾大牌出品的經典袖釦、領帶夾等等，再往上一層則是展示一顆顆頗具年代，工藝繁複瑰麗的古董胸針。這些單品珍貴精美，看得艾力目不暇給，沉浸在奈傑爾獨到的品味當中。

然而，當他視線來到最上一層時，櫃中的物品讓他深深震住。

這層櫃中，與別層不可勝數的裝飾品不同，這一層沒有多餘的擺設，只放了一個約手心大的相框，如此安排，更彰顯了此相框在主人心中非比尋常的地位。

艾力忍不住伸出手，取下那枚相框，顫抖著，抹去相片上的灰塵……

指尖塵埃拭去的瞬間，艾力面目緊繃，心臟感到一陣鈍痛，全身動彈不得。

照片中的女人身穿神祕的紫色連身洋裝，蓄著一頭飄逸金髮，小巧渾圓的鵝蛋臉上擁有一雙含情脈脈的眼眸，優雅地坐在一處靜謐的小庭院中。

……是愛麗西亞。

奈傑爾居然有愛麗西亞的照片，甚至這麼重視地擺著。

這讓艾力既震驚，又惶恐。

他最不希望的事情……終究還是成真了。

艾力陷入驚愕之中，渾然沒察覺背後有人靠近。

「你在看奈傑的展示櫃啊？很有品味對吧？這櫃子裡的東西都是奈傑最喜歡的。」這時蘿菈端著點心與熱茶走了進來，在看見艾力手裡拿著的相框時，假色一笑，刻意奉承說：「你母親真美，難怪奈傑特別珍愛這張照片。來，吃點餅乾吧！」

這句話猶如一桶鋒利的玻璃渣，緊緊裹住、蹂躪著艾力漲痛不已的心。

「不是說人到了才通知我嗎？妳現在來幹嘛？」

「當然是為客人送上可口的點心而來。」

「我不需要。」

「你不吃嗎？一邊吃一邊等可以打發時間，而且這是天然的覆盆子果醬做的奶油酥餅喔！」

「不用。」

「真的不吃一點嗎？這是奈傑最愛的奶茶和果醬酥餅。」

聽出語句裡強調了最愛的字詞中意有所指，艾力回頭惡狠地瞪著蘿菈，此刻他看出蘿菈眼底流瀉出顯而易見的嘲諷與惡意。

他總算是看明白了。

「妳是故意的。」

「故意什麼？」

瞧見蘿菈裝作毫不知情的表情，艾力突然捂著臉，放聲大笑出來。

既然蘿菈連半步都不想踏足奈傑爾的露營車，又怎麼會退讓，請他來家中？

況且眼前的女人最痛恨的人，不就是自己嗎？他怎麼就相信了對方「談一談」的說詞呢？

艾力笑到岔氣，連帶咳嗆了幾聲。

這一刻，他不知道該笑自己天真，還是該笑自己傻？

「有什麼好笑的？」

眼前人又怒又笑的情緒讓蘿菈有些困惑。

「我在笑妳年紀不小了，還這麼幼稚，以欺負自己不喜歡的人為樂。」

「幼稚？你說誰幼稚？」

蘿菈的臉色瞬間僵化，氣得唇齒發抖。

「不用懷疑，就是妳。妳這樣做不就是為了證明自己是贏家，獲得優越感而已嗎？」

「你的確伶牙俐齒……不過不管我是否幼稚，贏了就是贏了。」蘿菈氣得鐵青的臉露出一絲得意，不再掩飾自己對艾力的憎恨與嫌惡。

「這有什麼贏不贏的？」艾力不以為意地反問道。

「我告訴你，奈傑他愛你，但也不愛你。」

她殘酷地告訴他，想藉此扳回失去的面子。

「是嗎？那又如何呢？」

不料艾力聽完後，並未如蘿菈所期地受到打擊，只見他只聳聳肩，隨手將相框扔在沙發上，不在乎地說：

「就算他真的是因為我的長相喜歡我，那也算是看中我的某個特點吧？妳又何必急著否定？畢竟要長成這張臉，也不是誰都能辦到的，妳說是吧？蘿菈姊姊。」

艾力借用了薩曼在列車上對自己講的話，反諷蘿菈。

他說得輕描淡寫，似乎蘿菈給他的傷害只像被羽毛劃過一樣，不痛不癢。見此，蘿菈氣得說不出話來，毫無反駁之力。

語畢，艾力哼笑一聲，隨即邁開優雅的步伐，不客氣地越過蘿菈，逕自離開班納特家。

他跨出了充滿維多利亞風格的美麗庭園，回到了車水馬龍的路口。

雖說天氣寒冷，街上行人卻不少，此時正值晚餐後的狂歡時間，人們三五成群嬉笑著，氣氛喧騰不已。艾力獨自走在街頭，狼狽的身影與人來人往熱鬧的畫面格格不入。

離班納特家越遠，艾力逞強的精神漸漸渙散，無神地飄盪在路間，接連撞到幾名路人，引來陣陣叫罵和白眼，但此刻這些他都不在意。

深色的圍巾覆蓋住他大半張臉，也無法掩飾他不斷涓流而下的淚珠。

他愛你，但也不愛你。

短短一段話，猶如一把鋒利的裁刀，一刀刀削剪艾力怦跳的心臟。

繁囂的城市裡，他只聽到胸口遭狠狠剪碎，碎落一地的聲音……

◇

艾力沒有回服飾店，也沒回露營車，他返回了自己家。傭人們見許久未歸的艾力陰冷地現身，也明白一場風暴即將上演——

不出所料，艾力一進門，長臂一揮，裝飾在玄關的古董花瓶瞬間成一塊塊碎瓷。

他發狂似的破壞家中的一切，進門短短沒幾秒，屋裡已一片狼藉。

「少、少爺，您怎麼了？」

「冷靜點，少爺，請您冷靜，您的傷剛好。」

傭人沒遇過艾力如此不受控的情況，紛紛上前阻止，可一番苦勸不但沒得到平息，反而換來艾力更瘋狂的摧毀行動，甚至有幾人還被他摺開，摔倒在地。

「少爺！拜託請您停手啊！」管家現身，哀求失控的艾力。

「停手？要我怎麼停手？」艾力終於按捺不住，胸口崩裂，嘶吼出來，「這一切都是那女人害的！她要折磨我到什麼地步才肯放過我！」

家中的一切都是那麼礙眼。

一進家門便是愛麗西亞喜歡的地毯。

客廳裡有愛麗西亞特意訂製的沙發。

櫃子上擺放著愛麗西亞最愛的花瓶。

牆面吊掛著愛麗西亞鍾愛的名家畫。

窗前安裝著愛麗西亞屬意的紗窗簾。

明明那個女人已經死了那麼多年，家裡卻依然到處存在著愛麗西亞的痕跡。

不只這個家中，就連他自己，都深刻留存著愛麗西亞的影子。

他用蠻力掃落愛麗西亞親手布置的裝飾，極力摧毀和那女人所有相關的東西。

他恨不得這一切都消失。

隨著物品一個個砸碎在地，艾力的胃部劇烈翻攪，一陣噁心湧出喉間，整個人趴在雜物堆上翻江倒海地吐了起來。

艾力痛心極了。

那個他該稱為母親的女人，給了他生命，但又一次次剝奪他的希望。

如果說……要毀掉母親留下的所有事物，他才有望得到一絲真誠的愛，那他是否……也該摧毀自己呢？

艾力如此自問，卻沒有答案。

他在身受燙傷、飽嚐換皮之苦時，曾想著放任自己，就此離開這個世界一了百了算了。但在哥哥的關愛及保母不眠不休的照顧下，艾力忍痛走了過來。也多虧了當時拚死的堅持，才有機會得以重回舞台，觸碰到心中最掛念的那個人，並有了與之相戀的機會。

但此刻回首想來，那時選擇活下去，到底是對還是錯呢？

早知到頭來是一場空，當初何必受這一回皮肉的煎熬？

艾力想起了奈傑爾落在自己身上的吻，他依舊深深記得奈傑爾的唇，與他身上淡甜薰木的氣味。他的吻是那樣的柔軟，他的味道是那樣令人安心。

這一刻，艾力心中升起了無限的悲涼……

而站在一旁的管家，以為艾力是因為克柔伊不實的爆料貼文而大發雷霆，好心出言開導，「少爺，您都不接我電話，我很擔心啊……流言蜚語總會過去，您就別太在意了。」

管家的勸言把艾力從哀傷的情緒一秒拉回現實，他赫然轉頭，斜眼怒瞪著說：

「擔心個屁！不過就幾句揑造的廢話而已，是能怎樣？」

相處多年，艾力太清楚這個家唯亞伯獨尊的生活模式了。管家嘴上嚷嚷擔心，但事實上無事不登三寶殿，平日無事，管家是不會主動聯絡的。

「這個……呃……」

「快說！找我幹嘛？那老頭又怎麼了？」

見管家支支吾吾，艾力不耐煩地吼聲。

「這、這個……少爺……其實老爺他……他已經陷入彌留狀態了。醫生說，要請家人過去。」

管家語帶保留，但意思無須贅述，誰都明白。

◇

——要是他死了就好了。

二十幾年來，這可怕的想法時不時就會浮現在艾力的腦中。

他無數次試想過父親離開的情形，詛咒他以最痛苦、最不堪的方式死去，那樣才能大快人心。

不過，當死亡這件事正在發生時，艾力的反應卻不如自己預期的那般痛快。

他反而有些茫然，有些無助，甚至感到有些……畏懼。

安靜的病房內，死寂的白色填滿四周冰冷的牆面。除了醫護人員和幾名貼身的家傭人之外，還有兩名從沒見過，西裝筆挺的男人站在房間的角落。隱身邊緣的兩人，擺著不苟言笑的冷淡嘴臉，陰沉的氣氛像極了取人性命的死神。

艾力一眼便知道，他們是宣讀遺囑的律師。

病房裡像拍戲片場一樣，所有人皆站定位，就等床上的老人上演斷氣一幕。眾人面容冰冷，不見絲毫哀戚，只有無聲的沉默。

艾力面無表情地盯著萎縮在床上昏迷的人形，只見那具枯萎蒼白的身軀蜷曲在被單中，看起來像是喪屍片中的活死人。

回想起剛踏入病房的瞬間，他幾乎認不出床上躺著的是自己厭惡至極的男人。他甚至看不出他是個人。

「他真的會死嗎？」

艾力眼神微微閃爍，語氣裡聽不出任何情感。

「患者從上次的事情之後，就一直拒絕輸血。他很抗拒，我們也無能為力。」醫生恭敬又隱晦地回答。

「別人的血也不要嗎？」他接著問。

「患者並不相信那是其餘捐贈者的血液。我們……實在是盡力了……」

「什麼啊，也太自命不凡了，以為我搶著救他？真是笑話。」

聽見醫生的回覆，艾力瞇起眼睛，環抱雙臂聽似不屑地哼了聲。

也許是聽見艾力的聲音，床榻上陷入昏迷的男人突然微微睜開了眼，一瞬間所有人的焦點全聚在亞伯的身上。

「老爺，您醒了。」

「奧斯汀先生，您感覺如何？」

眼看亞伯醒了，管家及醫生立刻湧上前去，但骨瘦如材的亞伯並未理會周圍的人，他緩緩轉動憔悴且毫無生機的眼珠，掃過在場的每一人，最後將視線定在艾力的身上，嘴邊浮現艾力從未見過的笑容。原本病到發不出聲的亞伯，乾癟的唇居然斷斷續續動起來，發出嗚嗯的氣音。

見狀，艾力慢慢湊上前，眼看殘弱的父親望著自己，不禁有些鼻酸。他本想講點什麼，但在亞伯開口的瞬間，艾力所有的悲憫都化為烏有。

「愛、愛麗西亞……我美麗的愛麗西亞……」

愛麗西亞。

又是愛麗西亞。

「愛麗西亞，我……我就知道……妳會回來我身邊的……妳終究……屬於我。」

亞伯顫抖地舉起手，想撫摸艾力擱在床沿的手，卻被艾力躲開了。

原來人失望到極致會沉默。

艾力茫然地睜著眼，與亞伯對視了好一會兒，直到床頭旁的儀器顯示出父親生命的節奏越來越緩慢，他才低聲答道：

「不，她從來就不屬於你。」

他不知父親是否有聽見他的回答。

生理監視儀發出來的刺耳聲響，蓋過了他說話的聲音……

倒臥在病床的人，永遠闔上了雙眼。

醫師在例行檢查後，公式化地宣告亞伯離世，並象徵性地蓋上白色的帕子。等醫護人員暫時撤離，律師立刻攤開文件宣讀遺囑。

亞伯留下的遺囑中，堅持指名財產與企業全留給愛麗西亞，不過她已經是名死去的人，因此艾力順理成章地成為合法的第一順位繼承人。

艾力聽著，一邊搖頭，唇角一邊彎起旁人察覺不出來，滄桑的笑容。

多麼可笑又荒唐的遺囑。

那個醜陋的女人，即便她於世俗的評價是如此不堪，父親直到生命的最後一秒，最掛戀的依然是她。而自己多年來承受肉體的苦痛、積極對抗創傷，努力復出，都沒有得到父親半分的認可。

他這「第一順位繼承人」真是順理成章得太過諷刺。

直至這一刻，艾力才赫然明白，原來自己有把這厭惡的人視作父親。

原來他對父親一直存有希望。

原來自己對「被愛」這件事，是那麼渴望。

然而現實總是將他狠狠甩在地上。

愛得太深，會成為恨。父親真心愛著母親，同時也深深恨著她。可他即便想恨，卻無法恨，所以將這無處宣洩的「恨」，全數轉移到艾力身上。

原來父親從來沒有愛過自己。

空望著蓋住父親遺容的素白布面，艾力此刻發現，他竟絲毫記不起父親的臉，連模糊的輪廓都勾勒不出來。

「少爺，您看事情要怎麼辦呢？」

管家走到艾力面前，戰戰兢兢地詢問。

亞伯離開後，艾力便是奧斯汀家的主人了。

「什麼怎麼辦？」

「老爺的喪禮事宜……」

「跟上次一樣就好，把他們安排在一起。」艾力默默地說。

「是，我了解了。」

管家明白艾力說的上次，是指愛麗西亞的葬禮。於是沒多問細節，在行禮之後，與亞伯的遺體一同撤離病房。

空氣中除了消毒的化學味道，還伴隨一絲腐爛的氣息。

明明父親的遺體已不在這處空間了，名為死亡的氣味卻似乎有增無減……病房內只剩他一個人，呼吸著辨別不出是痛苦還是哀傷的空氣。

艾力茫然地回到家中，他甚至不記得自己是如何回來的。

等他再次回神的時候，人已經到家門口了。

一片狼藉的大廳此時已經收拾乾淨，屋裡全部有關愛麗西亞的物品都被識相地收了起來，從玄關到主屋客廳，一路空蕩蕩的。

琥珀色的大理石地磚上一塵不染，只剩一張繡著鳶尾花圖騰的骨董矮沙發擺在中央。

艾力回想起他小時候很喜歡這張矮沙發，每每出門的時候都堅持坐在上面，才肯穿鞋。他緩緩走近那張矮沙發，年幼時坐上去的尺寸明明剛剛好，現在卻只夠撐起半邊屁股。

艾力坐在冰涼的大理石地上，將頭輕輕枕靠在沙發上，環視著從小生長的城堡。此刻這裡沒有那女人殘留的樣子，儘管現在所有的一切都是他的……

然而他……卻感受不出這個家有他的容身之處。

究竟哪裡才是他的容身之地？

這個氣派的家不是。

那個能看見星光的露營車也不是。

奈傑爾令人迷戀溫暖的懷抱更不是。

想著想著，艾力忍不住喉間一哽，感覺到耳鬢一陣涼意。

究竟要到什麼時候，他才有屬於自己的容身之處？

名為眼淚的液體，不知不覺地滑落眼眶，染濕了他的髮絲。他抹去流淌至頸部的淚水，無意間觸碰到了掛在脖子上的銀鍊。

他送他的黑曜石墜鍊。

項鍊還靜靜地掛在他胸前，但它飽含的情意，如今又剩存多少呢？

艾力咬牙，猛然抓住項鍊，想扯掉它。

但手……卻停在空中停住了。

他終究不捨得。

「要是沒愛上的話就好了……」艾力喃喃自語著。

到頭來，自己還是活成了與父親相同的樣子。

即便明白對方不愛自己，他們依舊愛得無法自拔。他懂了父親為何一生都陷於這無底的泥濘，因為一旦離開了這團爛泥，就會看清對方不愛自己的事實。

妄想也好、自欺欺人也好，只能蜷縮在自己的城堡中，卑微地安慰自己，對方其實也許有那麼一點點在乎自己。

這一刻，艾力有生以來第一次羨慕起自己的母親。他羨慕她死去多年，仍擁有一個男人全部的愛。

他緊緊握著胸前的鍊墜，再也壓抑不住傷心，顫抖地哭出了聲。

原來愛上一個人的代價……是要付出自己的靈魂。

想必愛麗西亞早就明白這個道理了吧？所以她此生才沒有愛上任何人。

窗外的天空烏雲密布，被砸破的窗戶颳入陣陣冷風，浸涼了艾力失望而漲痛的心……

◇

飛機上，奈傑爾坐立難安，焦慮不已。一接獲薩曼的消息，他立刻買了最快的機票返國，這幾年國際航線他沒少搭，沒有一次像現在這樣度秒如年。

機艙門一開，他像逃離地獄一樣拔腿狂奔，一路跑出關，火速招了車直往工作室而去，此時夜幕已深，公路上一片寂靜，只有車身呼嘯的風聲……

「薩曼！艾力呢？他去哪裡？他不在車子裡！」

奈傑爾一衝上工作室，隨即對正在通話，滿臉焦慮的薩曼爆出三連問。

看見奈傑爾出現在眼前，薩曼更是面露詫異，他對電話中的人快速交代幾句後，放下手機：

「你才是。你怎麼在這裡？你不是該回家嗎？」

「回家？為什麼？我好像沒跟你說過我要回家啊。」

奈傑爾一臉狐疑，況且他本來就沒有回家的打算。

「不是啊，是蘿菈下午跟我說，她會派人去機場接你，直接帶你回家商量對策的。」薩曼拋開疑惑，耐著性子解釋。

「蘿菈？」聞言，奈傑爾更困惑了，「她沒跟我聯絡啊。」

「她沒跟你聯絡？」

「對啊！她不是還對外宣稱跟我感情不睦嗎？」

雖然是事實沒錯，可這件事班納特家默契一同，從不會在外人面前表現出來。

「奇怪……但，蘿菈說你會直接從機場回家，所以要艾力去家裡等你耶。」

「所以艾力現在在我家？」

「應該是，我給了他地址。」薩曼點頭。

這下奈傑爾徹底傻住了。

蘿菈對上艾力，真不知道會發生什麼事。預感到事情不妙，他二話不說，直覺轉身下樓，卻被薩曼火急火燎地叫住。

「奈傑！你先等等——！比起艾力……我剛剛發現一件事，需要你來確認一下。」

薩曼嚴肅地說，隨後露出詭異的表情。見薩曼神情凝重，想馬上衝回家的奈傑爾頓下腳步。

「又發生了什麼事嗎？」

「倒也不是『又』，但，怎麼說……哎呀，你自己看就知道了。」薩曼不知該如何說明，直接指著電腦，要奈傑爾自己看。

「到底什麼事？」

奈傑爾沉著氣走回二樓，只見螢幕上正顯示克柔伊的哭訴影片，而薩曼操控著游標，一面解釋著：「因為艾力確定要對克柔伊提出法律訴訟，所以到剛剛我都在跟律師通電話，商量著要如何起訴克柔伊這支影片。然後看著看著，就發現這一幕……」

薩曼把影片拖曳到某個時間點上，重複撥放。那是一幕克柔伊說得泣不成聲，抽取面紙時的影像。

「這什麼嗎？」

「你仔細看面紙盒旁的菸灰缸。」薩曼提醒道。

經過提示後，奈傑爾又重複看了一遍，果然發現玻璃菸灰缸上，在克柔伊抽取面紙時閃過一抹模糊的人影。雖然人影只出現短短兩秒的時間便遠離，不過只要是熟人，一眼都看得出那抹倒影是誰。

「我的天！」

奈傑爾一看，驚呼出聲，不敢置信地重複播放好幾次。之前是用手機看影片，螢幕小，奈傑爾完全沒發現異樣，如今用電腦放大看，真是想找藉口說認不出來都難。

「……怎麼會呢……不可能……」

奈傑爾震驚地摀著下顎，他嘴上說著不可能，但一雙水藍的眼珠顫動，搖曳的眼神洩漏出他的不解與迷惘。

「果然……是她對吧？」

縱使奈傑爾沒有正面指出倒影為何人，但由他萬分錯愕的表情來看，薩曼想得沒錯。菸灰缸上的人影——是蘿菈。

「她為什麼要這樣？」

克柔伊拍不實的投訴影片時，姊姊也在場？怎麼會？

「這我也想問好不好，經營者把自己搞臭有什麼意義？就是因為發現這件事，弄得現在想告克柔伊也不知該怎麼辦。」

薩曼一邊傷腦筋道，一邊來回踱步。拼接的木地板被他焦躁踩踏得咯吱作響。

空氣彷彿結凍般凝固，這項發現太過驚人，令奈傑爾與薩曼陷入膠著，進也不是退也不是。只能相視無語，為事態發展演變至此感到難以理解。

就在兩人對蘿菈的舉動百思不得其解之際，設計室的內線電話如雷鳴般在寂靜的空氣中響起，無端嚇了兩人一跳。

深夜突來的電話，多半不會是什麼好事。奈傑爾忍不住繃緊神經，遲疑了幾秒後，他按下通話鍵。話筒的另一頭，傳來一道年邁男子厚啞又侷促不安的嗓音。

……一名意想不到的人來電了。

◇

深夜凌晨，雖然已過了平時梳洗就寢的時間，但蘿菈還是衣著正裝，坐在客廳一邊聽音樂一邊看書，似在等待著什麼。

時間一分一秒過去，終於在清晨，悠揚的古典樂曲中傳來門把冰冷的轉動聲。

「整整五年又兩個月了，歡迎你再次回家，奈傑。」

蘿拉闔上了書本噙著微笑，注視著站在自己面前的男人。

「爺爺他們呢？」

奈傑爾環視沒有人煙氣息的客廳，質問蘿菈。

「當然是在溫徹斯特嘍。」

「所以根本就沒有人會來！妳為何要撒這種謊，騙艾力來這裡？」

一路上艾力的手機都打不通，聯絡不上人，奈傑爾心急如焚，焦心極了。

「說實話，你讓他進了你的車，還把最寶貝的項鍊給他，真是出乎我意料。我沒想到你這麼喜歡他。」蘿菈幽幽地回答，卻答非所問。

「蘿菈，我在問妳話，妳不要岔開話題。」

奈傑爾語氣強硬，連自己都暗自吃驚，他從未如此嚴厲地與姊姊說過話。蘿菈也一樣，見奈傑爾這般嚴詞頂撞，她嘴角不禁微微抽搐。

「我是在回答你不是嗎？我只是想，說不定以後都會成為一家人，我當然要請他來作客。」

奈傑爾當然不相信蘿菈惺惺作態的說詞，他壓抑激動的情緒，板著陰冷的表情說：「妳到底找他做什麼？」

「也沒做什麼，只是邀請他來喝喝茶認識一下，順道參觀你的房間而已。我想應該所有的戀人都會好奇對方從小到大成長的房間，是長什麼樣子吧？」

未等蘿菈說完，奈傑爾便立刻意識到了某件事，三步併兩步地飛快返回房間。在看見小心翼翼收藏著的相框被丟在沙發上的景象時，奈傑爾霎時全然明白……

難怪艾力不接他電話。

一時間奈傑爾懊悔極了，他真不該留艾力一人。當初讓攝影違約也好，行程延期也好，他就該帶上艾力一起走。

「蘿菈，妳為什麼要這麼做？傷害他對妳有什麼好處？」

奈傑爾皺著眉回到主廳，劈頭就問。而蘿菈睜著一雙睫毛膏刷出來的無辜大眼，擺出不清楚他在說什麼的表情。

「克柔伊的事情是妳一手策畫的吧？還有指使裁縫師盧比，偷偷將衣服內襯替換成劣質布的事，也是妳對吧？」

知道蘿菈存心裝傻的態度，奈傑爾心一橫，索性全面攤牌。

「蘿菈，我手上有非常充足的證據，但是……我並不想相信這是真的……我們之間相處的確不太和諧，但也沒有什麼深仇大恨吧？」

「有證據就拿出來，不要狗血噴人亂栽贓。」蘿菈回嗆。

「盧比把他和妳，還有祕書所有的對話截圖都傳給我了。」奈傑爾不情願地拿出手機，當場播放了盧比招認的電話錄音。

蘿菈聽著盧比招供的證詞，亮麗的臉色越來越難看。

原來就在奈傑爾和薩曼發現菸灰缸上的倒影，震驚得無語時，打電話來的人，正是之前因偷換衣料內裡而遭停職的盧比。

克柔伊與艾力互撕的影片在網路上傳得風風火火，盧比當然也看到了，他深怕自己會惹上事端，在認真思考後，他決定向奈傑爾坦白一切。承認將內襯布料偷天換日並不是他的主意，而是蘿菈指使的。

在班納特待了一輩子的盧比，對這有損形象的事當然不肯，於是拒絕。不過蘿菈再三向盧比保證，這是新時代的爭議行銷手法，不但可以幫品牌製造話題，風波過後還會反彈性消費，業績一定會提升等等……

禁不住蘿菈的一再拜託、連哄帶騙，盧比最終同意這份差事，只是衣服才做不到幾件就事跡敗露了。

「什麼爭議行銷？妳居然拿這種話來誘騙盧比。我實在想不通，為什麼妳要這樣對班納特家？或者說……妳為什麼要這樣對我？」

奈傑爾難過地搖頭，音量無法自持地越提越高，驚動了剛起床的侍者與傭僕們。而眾人見到主人對峙的場面，也識趣地迴避，不敢打擾。

姊姊蘿菈經營品牌行銷，弟弟奈傑爾負責製衣出貨，班納特家拆分領域的運營模式行之有年，業界都清楚。若衣服品質出了問題，奈傑爾首當其衝要負起全數的責任，風波若是鬧大，他就此引咎離開班納特也不是沒有可能。

奈傑爾想不明白，他與姊姊小時候明明很親密，姊姊非常照顧他，會帶他看星星，在他睡不著時，耐心地數羊給他聽，溫柔陪伴他，直到他睡著。

可不知從何時開始，他們姊弟間漸漸疏遠了。起初他以為姊姊是因為不諒解媽媽再婚而鬧彆扭，但隨著時間越來越長，蘿菈主動和他說話的次數也越來越少。

究竟他與蘿菈血濃於水的關係，是什麼時候開始形同陌路的？

「世界上會服裝設計的人這麼多，班納特的設計師非你奈傑爾不可嗎？」

自知一切隱瞞不住，蘿菈也不再假裝，冷笑盯著奈傑爾。

「所以妳是真的想趕我走？用這種方法？」奈傑爾痛心地問。

「是。」她爽快地承認。

「為什麼？我們……不是家人嗎？」

「哼，家人？是只有你才是班納特家的人吧？」蘿菈大笑一聲，不屑地反問。「班納特家除了給予我這個姓氏之外，到底還給了我什麼？」

「我不懂妳是什麼意思。」奈傑爾皺眉。

「我努力學習紡織，學習如何設計，但班納特家的人始終對我做的衣服不屑一顧，而你只是隨便畫幾撇，家裡的人各個對你讚不絕口。我費勁心力，好不容易取得博士學位，大家說那是我應該、我必須。而你放棄大學，做設計，人人就說你是天賦解放，天生做設計的料。公司有賺錢，班納特家全歸功於你設計傑出，公司若是營利平平，全部的人就指責我經營不善！我和你明明就流著一樣的血，憑什麼從小到大，好事都被你占盡！」

蘿菈的雙眼布滿憤恨的血絲，一句句厲聲指控，將自己從年幼到現在受到的所有不公，一口氣全傾倒出來。

面對家族的偏袒及權力的差距，她在這個家有多無能為力，備受家族寵愛的奈傑爾永遠都不會懂。因此她立志要創造一個沒有奈傑爾的王國，她要徹底剷除她人生中的絆腳石。

聽著蘿菈的訴言，奈傑爾沒有反駁，他滾動發澀的喉嚨，緩緩地開口：

「姊姊的努力，我一直都知道。」

「你？哼，你知道？你知道什麼，不要說笑了。」

「我真的知道。」

奈傑爾一直都知道蘿菈多努力，她挑燈夜戰備考的每一個夜晚，奈傑爾都會貼心地與家中傭人們一起為她準備愛吃的點心，泡上一壺熱茶，用自己的方式默默支持姊姊。

「所以當妳提出責任拆分的運營方式時，我馬上就答應了。因為我清楚，自己不是經商的料。就因為我非常信任妳，所以多年來我對經營上的事一概不插手。但姊姊……妳是怎麼看我的呢？我在妳心中是怎麼樣的存在呢？」

奈傑爾質問著，凝視著蘿菈。

「存在……我多希望你從來不存在……」

既生瑜，何生亮？

蘿菈露出鄙夷又複雜的苦笑，說出了最傷人的話。

我多希望你從來不存在。

蘿菈一字一句，使奈傑爾的心刺痛到麻痺，不敢相信敬愛的姊姊會講出這種話。自己至親的姊姊竟然會為了勝負的私心，不惜抹黑家族多年積累的名聲與榮耀。

只是為了……消滅自己。

忌妒與仇恨，真的能讓一個人惡黑到這種地步嗎？

真的能讓人蒙起雙眼，全然看不見周圍的一點善意嗎？

奈傑爾強忍著失望的淚意，接著說：「……妳要是對我不滿，直接針對我就好，何必把艾力拉下水？他是無辜的。」

「他無辜？他哪裡無辜了？他跟他媽媽一樣，都是勾引別人老公的賤貨！她勾引爸爸、勾引柯林、還勾引你——！」蘿菈面部扭曲地大吼起來，衝上前不停搥打奈傑爾。

「那是柯林自己的問題。」

奈傑爾隨即明白蘿菈所指何事。

「這一切本來都沒問題的——！他的出現是問題，他要是沒出現就好了！那個女人是惡魔、是撒旦，過去破壞了父母還不夠，她現在又來破壞我的家庭！她會下地獄！！」

蘿菈被奈傑爾扳倒，跌坐在地，崩潰地撕聲咒罵，失盡所有名門閨秀的教養與氣質。

「蘿菈，妳瘋了，妳讓忌妒主宰了妳的靈魂，妳完全分不清他們母子是不同的個體……」看著失去理智的蘿菈，奈傑爾默默地說。

「呵呵呵呵……我沒有瘋，瘋的是被撒旦誘惑的你們……你們要是從沒出現，這一切都不會有問題，這一切都會好好的，這一切都會是我的！呵呵呵呵……」說著，蘿菈狂笑起來。

「蘿菈妳……」

明白多說無益，奈傑爾哀傷地看著發狂的蘿菈。

此刻的他，已經不知道還能該說些什麼，他將目光投向門扉，不願再看蘿菈一眼。

「衣服替換內襯的事，以後若有投訴我會自行承擔。至於刻意毀損品牌名譽的事，就由爺爺那裡全權處理吧。」

奈傑爾簡單說完後，頭也沒回地離開了。

留在原地的蘿菈沒有應聲，愧恨的眼淚代替了她的回答。

蘿菈在商場上看似光鮮亮麗，其實只是被世俗眼光壓得喘不過氣來的可憐人。

在家族明艷亮麗的光環下，她不過是具寂寞的軀殼。

尾聲

薩曼也沒閒著，他與律師合力對行車記錄器公司半哀求半要脅，一通威逼利誘下，終於弄到了克柔伊劫車當日的影像記錄。

影片中，清晰地錄下了克柔伊因奈傑爾紳士的風度而大罵髒話，各種不雅言語盡出，以及她途中疑似撞到動物卻沒有停車查看的行為，包含最後自撞消防栓，棄車逃走的離譜過程。

薩曼將影片公布出去後，短短幾天，克柔伊甜美可人的形象一下子跌落谷底。情勢反轉令人措手不及，可謂核彈級的威力。不僅克柔伊有許多代言遭狠退之外，還有同公司受牽連的模特兒們全體要求賠償，一夕之間，小有名氣的模特兒公司官司纏身，陷入財務危機之中。

即便克柔伊事後又拍了道歉影片，在鏡頭前一把眼淚一把鼻涕地懺悔，但並沒有得到多數網友的諒解，反倒招來更多罵聲，逼得她不得不關閉帳號。真是應驗了薩曼之前說的話，高流量不是萬能藥。

水能載舟亦能覆舟。群眾能將你捧上天，也可以無情地把你踹入地獄。

之後甚至有大廠劃清界線，將克柔伊標為拒絕往來戶，這場鬧劇終於告一段落。

「活該，哈哈哈，終於知道人品的重要性了吧！太好了！訂單全都回來了。」

看見回流的訂單數量創下新高，薩曼在工作室中又叫又跳，樂得手舞足蹈。

只不過對比歡天喜地的薩曼，坐在一旁的奈傑爾似乎不怎麼開心。

「幹嘛愁眉苦臉的？洗清汙名不好啊？」

雖說薩曼嘴裡這樣問，可心裡很明白奈傑爾是為了何事變得如此萎靡。

已經一個星期沒有艾力的消息了。

非常注重形象，無時無刻都保持乾淨爽朗的奈傑爾，此刻像一株枯萎的植栽。臉色黯淡、頭髮毛燥，鬢角還刺出鬍渣，失去了往日鮮亮清爽的氣質。

「能澄清一切當然很好，只是——」

「我知道啦。」薩曼嘆了口氣，打斷奈傑爾，「訊息還是連讀都沒讀嗎？」

奈傑爾點頭。

「電話還是不通？」

奈傑爾再次點頭。

「我還去了他家，但是沒有人應門。」奈傑爾補充道。

「怪了！真是奇怪！大戶人家怎麼可能一個人都沒有……」薩曼思索著，突然靈光一閃，「對了！那個保母呢？你之前說跟艾力很好的那位，你有跟她聯絡過嗎？」

「你說伊蓮娜？」奈傑爾瞬間醍醐灌頂，彈跳起來，「對啊！伊蓮娜！我怎麼都沒想到可以問她。」

在奈傑爾說話的同時，手指已飛快撥通伊蓮娜的電話。鈴響了幾聲，就被接起。

「請問是伊蓮娜女士嗎？抱歉打擾了，我是奈傑爾．班納特。是這樣的……」

奈傑爾禮貌地報上姓名，迫不及待地探詢艾力的下落。但就在與伊蓮娜聯絡上之後，奈傑爾充滿希望的臉色悄然暗下。

「您是說……奧斯汀先生過世了……是嗎？好突然……」

驟然得知亞伯逝世的消息，奈傑爾語氣愕然，過了好一會兒才回過神來。之前不久，亞伯與艾力在醫院大打出手的畫面還宛然在目。

『人生總是突然，不過老爺確實也病很久了。』

隔著電話，仍可感受到伊蓮娜沉重的感慨。

「那……那艾力他還好嗎？」奈傑爾頓了頓，隨後解釋道，「不好意思，問您這種問題。實在是因為這幾日我完全聯絡不到他。」

『原來是這樣，我理解的。那孩子從小一有什麼事，便會斷了與外界的所有聯繫，自己一個人躲起來。我也不清楚那孩子這幾日去了哪裡……老爺過世後他就資遣了所有傭人，只剩管家和我辦理老爺的喪儀，不過今日的葬禮少爺是有出席——』

「他今天有出席？那他現在在家？」

終於得到一絲關於艾力的線索，奈傑爾激動地握緊手機。

『沒有，少爺在葬禮中途就離開了。』伊蓮娜接著說。

聽見伊蓮娜的回答，奈傑爾激動的情緒一下子削減下來。

「這樣啊……那您知道他會去什麼地方嗎？」

『嗯，這個嘛……』伊蓮娜想了想後說道，『少爺他很喜歡看星星，有個看星星的祕密基地。

以前心情不好時他都會去那裡，雖然我不知道那地方具體究竟在哪裡，但……我總覺得他應該在那裡。』

「祕密基地……好，我知道了，謝謝妳，伊蓮娜。」

又與伊蓮娜寒暄幾句後，奈傑爾掛上電話，卻難掩失望。雖說有了艾力的消息，但終究是晚了一步。正懊惱之際，奈傑爾也開始細細思索方才與伊蓮娜的對話。

她說，艾力有一個看星星的祕密基地，會在哪裡呢？

奈傑爾望著窗外星辰高掛的夜空，反覆思考著。赫然間，他腦中蹦出一個念頭，隨即高喊一聲，嚇得薩曼肩膀抖縮。

「我知道了，我知道了，薩曼！我大概知道艾力去哪裡了！」

「大概？那他……」薩曼露出不解的目光，正想繼續問下去，就見奈傑爾抓起外套，急著往樓梯衝去，「喂，你拿錯我的外套了。喂，小心啊——！」

由於太過心急，奈傑爾亂了腳步，不小心踏空幾格台階，迎面撞在門板上，發出砰的巨響。

薩曼看著奈傑爾摀著鼻梁、狼狽慌亂的身影，一邊嘆氣一邊搖頭，覺得無奈又好笑。

通向真愛的路從無坦途。

莎士比亞的名言真是歷久不衰。

◇

最後一絲陽光落山，彷彿能吞噬人的黑暗開始蔓延大地，不一會兒，未設置路燈的山道上陷入死黑。

伸手不見五指的暗夜裡，奈傑爾獨自駕車，行駛在深長不見盡頭的山林公路中。

今夜的霧氣極濃，能見度相當差，厚厚溼氣覆蓋住擋風玻璃，憑著車燈頂多僅能識別大約幾公尺的範圍。

雨刷來回轉動的聲響加重了奈傑爾內心的煩躁。他小心翼翼地駕駛，一面沿路搜尋艾力的蹤跡。

說到看星星的祕密基地，奈傑爾回想起與艾力意外重逢的那一天——

那一天他被克柔伊丟包，在山間公路上不得已攔下艾力的車，艾力還一眼看出他的包裹裝的是望遠鏡，之後他得知艾力確實也喜歡看星星。

所以，有沒有可能……他與艾力重逢不是偶然呢？

畢竟重逢的前一晚有場難得的雙子座流星雨，會不會……那晚其實艾力也是去觀星的呢？

一想到有此可能性，奈傑爾就冷靜不下來，不禁加重踩油門的力道。

他在他們相遇的山路間繞進繞出好幾個小時，終於，奈傑爾在一處偏僻的小徑旁，發現一抹銀白色的反光。他趕緊下車查看，果然是艾力的銀白色雪弗蘭轎車。

車子斜停在一條被灌木叢遮蓋的林間小道前，若不仔細看，可能會以為艾力的車是未融化的白雪，就此錯過。

奈傑爾一邊慶幸自己有及時發現，一邊伸手摸上轎車的引擎蓋，車蓋還散著微溫，他猜艾力剛來到這裡不久。

而在轎車後面的道路，與其說是路，不如說是一道斜坡比較恰當。也許是經過反覆的踩踏，坡道中央隱約顯出一條斷斷續續，未生出草的黃泥土地。

眼見用走的是走不上去了，奈傑爾二話不說就挽起袖子，攀住一旁橫生的雜草與凸岩，爬上這條顛簸的山坡。

坡頂並不算太高，仰頭即可全覽，但坡度陡峭。途中，奈傑爾幾度踩空滑落下去，染了滿身沙泥。費了一番功夫，奈傑爾撥開最後的樹叢，滿頭大汗地登上了頂端，隨即映入眼簾的是一小片約四五坪大的平地。

這是一塊巨大岩石的高頂，天空無任何遮蔽物，宇宙似乎觸手可及。周圍錯落高聳的杉樹將其圍成一個半月形的空間，而月形的開口面向一處深不見底的岩溝，如此地貌，使人有宛如置身歌劇院頂級包廂中的感覺。

還來不及喘息，奈傑爾便被這自然天成，絕佳的觀星空間所震撼，內心讚嘆不已。

藉著蒼白的月光，奈傑爾接著看見岩地的中央倒著一具十字架的人型。

艾力唇上含著菸，仰躺在粗糙冰冷的地面上。他身著一身西裝喪服，寒露浸濕他的髮，閉著眼一動也不動。若不是看見他鼻間還呼著絲絲白霧，奈傑爾會以為他做了傻事。

他緩步悄聲靠近，此時看似沉睡的艾力卻忽然開口。

「你敢再上前一步就死定了。」

「你怎麼知道是我？」

奈傑爾微微喘著氣反問，但艾力不作回應。

艾力不想承認自己認得他的腳步聲。

「我找你找很久，艾力……我很擔心你……」

「如你所見，我很好。你可以走了。」

「今晚雲層很厚，天空霧濛濛一片，都看不到星空呢。」

艾力的語氣非常平淡冷漠，但奈傑爾不打算放棄，他沒有理會艾力的沉默，繼續說下去，但換來的是對方的沉默。

「我知道你為什麼生氣，我看到沙發上的相框了。」

奈傑爾破題。

「我沒有生氣。」

是啊……他並沒有生氣。

事實上，發現奈傑爾真正迷戀的人之後，艾力連氣都氣不起來。倘若愛上一個人沒有理由，那不愛也不需要理由。他有什麼資格對他生氣呢？

奈傑爾並沒有錯。

他只是不愛他而已。

「我想跟你解釋。」

「我可以不聽嗎？」

艾力一改常態的強硬，平靜地反問。他反常的態度叫奈傑爾在心中暗自驚訝，不自覺慢下腳步。

「真的不想聽？」他再次認真地詢問。

「不想。」

他無情地說，並捻熄了菸。

「不願意給我一次解釋的機會？」

令人眷戀的薄荷菸草味在冰涼的空氣中擴散，奈傑爾用乾啞的聲音問道，眉宇間顯露出哀傷的神情。可無論他說了再多請求的話，艾力始終無動於衷，略為凹陷的臉龐不見任何動搖的痕跡。

眼見艾力的心扉緊閉，這一次奈傑爾不再執著，他前進的雙腿霎時打住。

「……好吧。」

奈傑爾妥協的口吻中，帶著一點悲傷。

說完這句話後，艾力的耳際只傳來逐漸遠離的腳步聲，接著是一串砂石滾落的細音。沒多久，四周又陷入奈傑爾到來之前的空前寂靜。

只剩夜鳥鳴囀與寒風呼嘯的聲音。

艾力緩緩撐起身，盯望著空蕩的暗黑發呆。確定奈傑爾真的回去後，讓人窒息的失落感捲上心頭。明明是自己親手推開的，心臟卻像被人狠狠掐住一樣痛。

他多想大哭一場，但此刻高傲的自尊依舊在逞強，不允許自己因他的離開而流淚。

到這時，艾力才悲哀地發現，自己比想像中還要忌妒自己的母親。

一瞬間，讓人作嘔的妒忌情緒如海嘯般湧上，瘋狂吞噬艾力的心。他的腹部翻騰，趴在深溝旁止不住地吐了起來。可是這幾天水米不進，艾力胃裡空得連胃酸都嘔不出來。

最後他乾嘔得太痛苦，眼角滑出幾滴生理的淚水。

他實在不懂，為何那個貪婪又骯髒的女人能夠得到那麼多人的心，而他明明與她如此相似，卻連一絲一毫的愛都分不到呢？

他明明有血有肉有心跳，為何連一個死去之人都不如？

艾力抬頭望著烏黑的天空，彷彿看見了與奈傑爾重逢的那一天。他就這樣乍然出現在他的眼前，不只攔住了他的車，也攔住了他的心……撐住身軀的手微微發抖，艾力忍不住哽咽……夜風吹起，砂塵覆蓋住他的臉頰、滲進眼眶。

艾力抹去眼瞼上的細砂，一雙薰紫的眼眸漸漸汨出了淚珠。

在宇宙中，就連一粒塵埃也有容身之處，而自己的容身之處又在哪裡呢？

是不是用望遠鏡能看到最遠的那顆星球？與地球之間有億萬個光年，在那麼遙遠的星球上，會有容下自己的地方嗎？

對廣闊無邊的宇宙而言，人類數十年的光陰不過就是一粒塵埃。如果自己此刻能化作一粒微小如粉的塵埃，是不是就能單純地存在著？

是不是就不會明白什麼是愛？

是不是就感受不到痛苦呢？

但可悲的是，即便不想愛了，艾力卻清楚，若時間重來，他依舊會選擇讓自己身陷情沼、愛得無藥可救的那條道路。

他痛恨這麼想的自己，卻又無能為力。一旦知曉了什麼是愛，就猶如身陷流沙一般，再也沒有能力掙脫。

艾力難過地閉上眼，任由心絞的疼痛侵蝕自己。

死沉的孤寂再次壟罩他。

冰涼的空氣刮過臉，突然一股溫暖的觸感落在臉上，艾力猛然張開雙眼，赫然見到奈傑爾跪在他面前，正笑盈盈地看著自己。

「怎麼哭了？你以為我回去了？」

他溫柔地替他抹去眼角的濕意。

「別碰我。」

霍地，艾力的理智回攏，他抓住奈傑爾的手腕，一個翻身將他反壓在地，凶惡地威脅他，「你要是再碰我，你就死定了。」

幾顆碎石滑落黑暗的岩縫底，迴盪出鏗鏘的聲音。奈傑爾的半邊肩膀已滑出峽溝邊，但他依舊微笑著，他知道這不是艾力的本意。

「我不怕，我從來就不怕為你而死。」

猶如騎士般的宣言由奈傑爾口中說出來，真是該死的動聽，但艾力不願讓自己再被甜言蜜語所迷惑。

「我不是愛麗西亞，你不需要討好我。」

艾力冷淡開口，言語間含著自己都未發覺的顫抖。

「我是對你說的，艾力。」奈傑爾強調。

「少騙了。」

「我沒騙你，我保證。」

「你說謊——！！」

艾力怒不可遏，終於崩潰嘶吼。

「你敢說跟我在一起的時候是看著我？而不是透過我看著別人！」

他用痛苦扭曲的表情看著奈傑爾，絕望地問出心底最不願意，也最畏懼的疑惑。

越是了解奈傑爾，他越能感受到奈傑爾珍視那張照片的程度。原來被所愛之人背叛的感覺是如此心痛，他終於體會到父親對母親如針在喉，苦澀又悲愁的愛戀。

「我一直都看著你，一直都是。我從沒把你當任何人的代替品，是你不相信我。」奈傑爾寶石藍的眼睛展露出懇摯的真情。他輕柔地拉纏著艾力的髮絲，讓他一寸寸靠近自己，語氣堅定地說，「我一開始就認真告白了，為什麼你一直不相信？」

他們對視著，艾力承受不住奈傑爾赤忱的眼神，別過了頭。這時艾力頸肩上的黑曜石項鍊從衣領間掉了出來，墜子擺盪在空中，襯著月光，折射出一閃一閃晶透的光芒。

看著眼前發光的鍊墜，奈傑爾心頭一暖，欣慰地笑了笑，骨節分明的手指勾住項鍊問道：

「艾力，你知道黑曜石又稱『阿帕契之淚』嗎？」

在悠遠的傳說中，一片屬於印地安人的土地上，住著一支古老的阿帕契民族。他們知足安祥，美滿和樂地生活著。

但某一天，他們不幸被邪惡的外族侵略，阿帕契的戰士們為了保護家園，奮勇殺敵，仍寡不敵眾節節敗退，最後被敵軍逼至山谷上墜崖而亡。

戰士們的妻子紛紛趕到山崖下，跪在戰士們的屍首旁哭了好久好久……她們的真情感動了天地，神靈將妻子們的眼淚變成了一顆顆美麗的黑色寶石，留傳後世。

而這淒美的傳說流至今日。之後戀人們若是送對方黑曜石，就寓意著生死相依，不再哭泣，永遠幸福。

「艾力……我一直都看著你，我多麼希望你永遠不會再哭泣，我真心這麼希望……」奈傑爾微微搖頭，伸手承接艾力早已潰堤湧出的淚珠。

他緩緩起身，撫摸上艾力的心口，渴望觸碰到深埋在艾力心底最深的柔軟。

奈傑爾低聲說：「我知道你看見那張照片了。我的確很寶貝那張照片沒錯，但絕對不是喜歡愛麗西亞女士的緣故，我甚至沒注意到她長什麼樣子。我喜歡的，是照片裡她身上穿的衣服，因為那是我最喜歡的衣服。」

「最喜歡的……衣服？」

艾力抬頭錯愕地望著眼前的人。奈傑爾笑了笑，解釋道。

「那件衣服出自我爸爸之手，他說那是他最滿意的作品。我小時候曾經親眼看過那件衣服一次，然後就再也忘不了。但很可惜，那件服裝被我媽媽毀了……後來我整理爸爸的遺物時，偶然發現那張照片，才知道原來我爸爸有把那件衣服修補好，還送給了愛麗西亞女士。」

「所以你對那女人……」

「艾力，愛麗西亞女士從未在我的生命裡出現過，出現在我生命的人，是你。你的血液在流，你的心臟在跳，你何必拿自己與逝去的生命做比較呢？我該怎麼做，你才願意相信我？」奈傑爾的嘴角勾出一抹無限溫柔，又充滿無奈的微笑。

「我……」

霎時，艾力一時語塞。

他凝視著他，從對方的眼中讀出了那股渴求被信任，卻證明不了的無力感。

「我剛剛回車上，是為了拿這個。」奈傑爾替艾力撥了撥散亂的瀏海，並從腳邊拎起一個大紙袋，笑著說：「我一直都認為我爸爸做給愛麗西亞女士的那件洋裝，是世界上最美的衣服，直到這件衣服的誕生。」

奈傑爾一邊說，從提袋中捧出一件大衣，俐落地披在艾力的身上。

柔和的銀白綢緞，如綿雲般包覆在艾力肩上，上身簍空的水蕾絲宛如宇宙中明亮的銀河帶。衣料上金銀線交錯，繡出無數星芒的圖騰，好似夜空中綻放的星辰。

「好美……像星空一樣。」

艾力瞬間屏息，凝視著身上美得像繁天星際的絕美服飾，忍不住伸出指尖，來回觸摸那一顆顆星芒刺繡。

「這是我在日本為你做的衣服，這上面的星芒是我自己繡的喔。」見愛人對自己的作品愛不釋手，奈傑爾自信地邀功，「本來是想用你親自選的布料來做，但我忘了你還有歐洲的行程。」

「這衣服……是很美，但……」

艾力低頭看著衣服前襟簍空蕾絲的設計，眉頭一緊，欲言又止。這樣的設計本無不好，只是他身上的傷是無法駕馭這件衣服的。

奈傑爾怎麼會看不出艾力的心中所想呢？

他微微抿唇，愛憐地幫艾力拉出壓在衣領下柔軟的髮絲，輕語：

「這是專屬你的衣服。這件衣服，唯有你穿上了才是最漂亮的衣服。艾力，我希望在我面前，你不需要隱藏真實的自己。」

在我面前，你不需要隱藏真實的自己。

這句話在艾力心中擴散，緊繃的太陽穴鬆緩下來，艾力清晰地聽見自己全身血液激烈流動的聲音，他感受到自己薄薄的肌膚底下，掙扎跳動的那顆心。

奈傑爾呢喃著，一手捧起艾力的臉頰，另一手緩緩滑過他細緻的頸肩，探進衣領，溫柔撫摸他身軀上駭人的痕跡。

「艾力……你知道嗎？隕石表面的凹疤，完全阻擋不了人們對它星光的讚嘆。流星無論如何斑駁，它出現在世人眼中時，仍舊光彩奪目。不管在台上還是在台下，你都美得讓我離不開眼。」

艾力靜靜地聽著，沒有任何動作。但他知道，自己瀕死的靈魂正逐漸甦醒，有股熱意從胸腔內渲染開來，慢慢泛上喉間。

「我已經不知道該如何向你證明我的真心了……艾力……」觸碰艾力身軀的手隱隱顫抖，奈傑爾露出膽怯的眼神，含著鼻音說，「如果你、你還是不願接受我的解釋，那、那……我會放棄。」

奈傑爾乾澀的唇止不住顫抖起來，忍痛說出了「放棄」這個詞。

但他又如何放棄得了？

他想他此生，不會再為了誰如此沉浸於愛戀，一心一意地為他製作衣服了吧！

然而，正當奈傑爾萌生這樣的感慨時，下顎卻冷不防地被一股力道狠狠扣住。

只見艾力掐住奈傑爾的顎骨，凶惡地怒瞪著他：

「誰准你放棄？你這半途而廢的傢伙！」

「呃！艾力？這是──」

奈傑爾一時驚訝，話還未說完，剩下的話語全融化在艾力的唇間。

吻，代替了他的回答。

感受到對方的體溫及柔軟，頓時思念與眷戀不可收拾地傾洩而出，一連串溫熱的液體滑落兩人眼眶，沾濕了彼此冰冷的臉頰。

柔白的大衣滑落在地，他們擁住對方倒在衣服上，陷入纏綿的醉吻。

「等……衣服會弄髒。」

雖然它已經髒了，艾力心想。

「無所謂，我從來就沒想讓你穿著衣服太久。我愛你，艾力。」

入春的夜裡氣溫冷涼，但兩人高昇的體溫讓周圍的空氣沸騰起來。直到難以呼吸，奈傑爾才不捨地鬆開艾力發腫的紅唇。

「奈傑……」

「嗯？」

在吻與吻的空隙間，艾力喃喃地喊了對方的名字，而奈傑爾沒有接話，一雙湛藍的眼眸柔和地注視著他，靜靜地聆聽著。

「我想我是個貪心的人，是個像父親那樣貪心的人。凡是能抓在手裡的，就不想錯過，更不願放掉。本質上我就是一個貪得無厭的人，所以得不到時會難過、會失落，看到別人有，我會忌妒，這才是真正的我。即便是這樣貪心的我，你也願意為我做衣服嗎？」

第一次聽到艾力的表白，奈傑爾瞬間有些茫然，隨後笑了。

「那我想，我是比你更貪婪的人吧！我會做很多衣服，把你的貪心包起來帶回家喔。」

奈傑爾故作玩笑說道，他緊緊抱住艾力的肩膀，寵溺地將他摟在懷中。

「就算你死了，腐爛透了，血肉糢糊，變成一堆枯骨我都不會放手喔。」

「嗯……聽起來有點可怕。但同樣的，我也不會放開你。」

奈傑爾深情凝視著艾力那雙美到令他窒息的眼盼，誠心地回應。

此時，天間雲霧散開，清澈的月光灑落在艾力那對鳶尾花紫、如銀河般的雙眸。同樣的，艾力也望著奈傑爾散發光芒，宛若宇宙的雙眼。

這一刻，艾力的胸腔劇烈悸動，他知道，自己孤寂受傷的靈魂，終於撥雲見日。

他找到了……自己的歸屬之地。

忽然，在奈傑爾背後的天空中，閃過一道亮光，有顆流星劃過天際。

「啊！是火流星！拖欏好漂亮。」艾力伸手指著天際，驚豔地喊道。

奈傑爾聞聲回頭，卻沒能趕上，只瞄見最後一絲光跡。

「好可惜，你錯過那顆流星了。」

「沒關係，不可惜，以後有的是機會，我們能一起看。」

奈傑爾淺笑，他拉過艾力纖細的手，輕輕親吻他的手腕。

所有的愛語都化作這一記深吻。

剛才是否錯過了流星？那都不重要。

此刻的他，已經擁有了世界上獨一無二，最璀璨的星星。

番外

空氣裡飄散著草皮清新的香氣，裝飾著花朵糖霜的生日蛋糕就擺在院子的正中央。烤箱中烘著甜甜的布朗尼、綁在四周的粉色氣球、撒了滿桌的洋芋片，這場生日會宛如是場熱鬧的小市集。

今日是薩曼的寶貝女兒小黛西的慶生派對，奈傑爾與艾力當然也參與了這場盛宴。

「黛西，生日快樂！快許個願吧！」

薩曼摟著妻子，開心地為剛滿三歲的女兒點燃蠟燭。小黛西努力鼓足稚嫩的腮幫子，在眾人圍繞下吹熄燭火。

「薩曼也太寵女兒了吧？生日蛋糕訂做得像結婚蛋糕一樣。」艾力持著香檳杯站在樹蔭下，傻眼地看著那足足有一個成年人高的蛋糕。

「都說女兒是前世情人嘛，寵一點是應該的。」

奈傑爾咬了口剛烤出來的布朗尼，對開心地向蠟燭許願的小黛西流露溫柔的目光。

此時，從蛋糕的另一側走出一個靦腆的小男孩，他來到黛西面前，殷勤地拿出粉色的禮物盒說：「黛西，妳今天好漂亮，這這這……給、給妳。」

「謝謝你，艾倫。」

看到禮物，小黛西開心地接過來。不料，另一個淘氣的男孩突然跳出來，擋在靦腆男孩前，插隊將自己的禮物塞到小黛西手心。

「先拆我的禮物，黛西！我送的禮物才是最棒的！」淘氣男孩自信地嚷嚷。

「哪、哪有，我的禮物才最好。」靦腆小男不甘示弱地回應。

就在兩個小男孩爭論不休時，大魔王登場！

薩曼假裝生氣怒吼一聲，對兩個男孩扮起鬼臉：「你們兩個居然趁我不注意，偷偷把我家黛西？走開！你們這些小偷——」

見薩曼氣急敗壞、積極護女的樣子，艾力噗哧一聲，忍不住笑出來。

「哈！奈傑，你聽。他居然叫小黛西的愛慕者小偷耶，這形容真是太幽默了。」

「他說得沒錯啊！不知道以後是哪個幸運的男孩能偷走小黛西的心呢。」奈傑爾說著，不禁欣慰一笑。

「能偷走她的心的，不一定要是男孩啊……」

「嗯，也是呢。」

雖然艾力默默地回應，看似無所謂，但弦外之音奈傑爾可沒遺漏。他輕靠在艾力身邊，悄悄勾住艾力白皙修長的手指。感受到對方遞過來的體溫，艾力反手緊扣住奈傑爾的掌心。

「你說，我們將來也搬去一個有大庭院的房子好嗎？」奈傑爾忽然開口。

交往近一年，因為習慣與方便，他和艾力至今仍住在服飾店後院的露營車裡。

「怎麼突然？」

艾力的手指稍微抖了一下，不過奈傑爾的注意力全集中在追跑的孩子身上，沒有察覺。

「呵，就是這麼突然。」奈傑爾輕輕笑了笑，「看著他們的樣子，我忽然覺得，在自家後院辦派對，和朋友家人一起吃吃喝喝，這種吵鬧的感覺非常幸福。」

聽見奈傑爾說的話，艾力回憶起幼時與母親在花園裡喝下午茶的片段……

雖然長大後知道了大人世界的汙穢與暗潮，艾力無法諒解母親，不過年幼時那些愉快的記憶終究是美好的。

「你……有想過搬家嗎？」艾力滾動乾澀的喉嚨。

「搬家啊，有時間再說嘍，最近的訂單都積到後年了。」奈傑爾伸伸懶腰，靈光一閃喊道，「噯！對了！狗！一定要養小狗。院子裡有幾隻狗奔跑，那就更完美了。」

「那我要養約克夏、柯基，還有杜賓。」艾力立刻接話。

「這麼快就決定了？」

「我一直想養，是老傢伙不准。」

「這樣啊，那就大中小各一隻吧！愛叫的約克夏跟追不上杜賓的柯基，光想就覺得很有趣。」

聽奈傑爾這麼一說，艾力也忍不住在腦中想像三隻狗追玩一起的畫面，嘴角跟著上揚。

「奈傑，我——」

然而，正當艾力開口欲說些什麼時，一道女聲從他們耳側響起，只見有位衣著品味優雅的中年女士站在他們背後。

「不好意思，請問能否叨擾一下奈傑爾．班納特先生呢？」

聽見有人搭話，艾力主動鬆開奈傑爾的手，禮貌地走到一旁迴避。雖說今日是孩子的生日派對，但對大人而言也是重要的社交場合，奈傑爾是知名設計師，有陌生人攀談是稀鬆平常的事。

相對的，如此熱鬧的派對上，想與艾力說話的人自然不在少數，不過都被他生人勿近的氣場嚇得不敢靠近。

艾力倒也樂得輕鬆，他替自己換了一杯紅酒，默默來到廊下獨自啜飲，一邊享受涼爽的微風。看著派對熱鬧的場景，艾力腦中逐漸勾勒出一幅畫面——在綠意蔥蔥的院子裡，他與奈傑爾愜意地享用下午茶，一面看著狗兒們嬉鬧的景象……

艾力沉浸在憧憬的想像中，沒注意到有團東西正往自己腳邊撲來。

霍地一陣暈頭轉向，艾力踉蹌跌倒在地，伴隨著玻璃杯破裂的聲響，小女孩響亮的哭聲也隨之而起。

「黛西！！」

「小黛西？妳怎麼了？」

聽見孩子喊痛的哭聲，薩曼與奈傑爾紛紛趕來將小黛西扶起。小黛西膝蓋有些破皮，啼哭不止，可愛的澎澎裙也被紅酒濺得髒兮兮的，任眾人怎麼安撫都沒用。

「你撞到她了？」奈傑爾回頭問艾力。

「我沒……」

「怎麼那麼不小心？」

沒等艾力回話，奈傑爾又問道。

「不是！我——」

艾力揚聲替自己辯駁，可也許是看見艾力激動的緣故，小黛西哭得更大聲了。

「艾力。」

奈傑爾一面拍著小黛西的背，對艾力微微皺眉，示意他先離開黛西的視線。

即便自己沒錯，但看見今日的壽星因為自己的緣故嚎啕大哭，艾力只好放棄解釋，退到庭院的角落。

「黛西不哭喔，妳看！叔叔幫妳準備的禮物！」奈傑爾安慰道，並從堆放在走廊的禮品中挑出自己帶來的禮物，並當場拆開包裝，拿出兩件可愛的洋裝。

那是一套親子洋裝，是一件是媽媽的，一件是小黛西的。

一看到漂亮的新裙子，小黛西立即停止流淚。哭紅的眼睛盯著衣服，忘了痛，開心地吵著要和媽媽一起換上新衣服。

眼見小黛西破涕為笑，派對總算又回到歡樂的氣氛。

奈傑爾鬆了口氣，拍了拍身上的灰塵起身，重新搜尋艾力的身影。殊不知直到派對結束，回到家，艾力始終沒有出現……

◇

悠揚的來電鈴聲傳入耳中，京雅迷迷糊糊地起身。當他正準備接電話時，一隻大手將他一把撈回被子裡。

「去哪裡？」

朗恩將京雅緊扣在懷中，有些不悅地問。

「那個……有電話……」

「不用管。」

「是我的電話啦。」

「那更不用管。」

「但，是奈傑爾打來的耶。」

「奈傑？他為何打給你？」

京雅瞄了眼螢幕。

聽見來電者，朗恩狐疑地挑眉。奈傑爾與自己是幾十年的好友，有事也該打給自己才對，怎麼會找上京雅？

「好啦，你放手，我先接電話。」

朗恩終於鬆手，替京雅按下擴音鍵，然後繼續將他拽在懷裡。

『……早安，京雅，我是奈傑爾。不好意思，這麼早打擾……』電話接通後靜默了幾秒，才傳來男人戰戰兢兢的語氣。

「奈傑爾早啊，我正好起床了。怎麼了嗎？」

『是這樣的……可以請你告訴我艾力今天的行程嗎？』

「你們怎麼了？」

得知奈傑爾的來意，敏感的京雅嗅出不對勁，單刀直入地詢問。

『呃……這……』

「艾力怎麼了？」

發現對方遲疑，京雅不禁疑惑，口吻不由地嚴肅起來。

奈傑爾本就不是善於隱瞞的個性，只好坦言自己有好幾天沒有艾力的消息了。從派對上回來，艾力又切到不讀不回的模式，不僅電話關機，連祕密基地都不見人影，這回連伊蓮娜也不知艾力的去向了。自從亞伯的喪儀結束後，艾力便把房子賣了，以至於奈傑爾完全不知道要上哪裡找人。

不得已只好找上艾力的經紀人，也就是他的哥哥京雅，試圖詢問他的行蹤。

隨後在京雅抽絲剝繭的詢問下，奈傑爾也說明了生日派對事件。那日是他誤會艾力了，之後他從其他孩子的口中得知，是小黛西奔跑時沒注意階梯，才會撞到站在走廊上的艾力。

奈傑爾十分懊惱地說：『我當下沒弄清楚原委，就先責怪了艾力……』

「原來是這樣啊。」

京雅點頭應和著，心中卻感到一絲異樣。艾力的脾氣是不太好，可心靈柔軟，不至於會跟小孩計較，更不會因為這點小誤會就大鬧失蹤。

『請你告訴我他今天工作的地點好嗎？我想跟他道歉。』

聽見奈傑爾誠心請求，倒換京雅不知所措。

「那個……奈傑爾，艾力今天沒有行程。」

『那請告訴我明天的行程。』

「呃、奈傑爾……不是我不說，而是艾力他、他已經快一個月沒有接工作了……」

『什麼？』

聽這個回答，奈傑爾一時沒反應過來。

「艾力跟我說他和你有安排旅遊，於是推掉了這個月所有的工作。」京雅接著解釋。

『你、你說……他沒有排工作？旅遊？跟我？』電話中的聲音明顯顫抖起來，『但……他這陣子每天都出門……』

謊言，如同脆弱的冰河。

一旦崩裂就再無恢復的可能。

『怎麼回事……』

愛人的謊言突然被赤裸地揭穿，奈傑爾心慌不已，呼吸瞬間跟著停頓。

「奈傑你先冷靜，我們等等打給艾力，問清情況再與你聯絡。」這時一直沉默的朗恩發聲，鎮定好友驚駭的情緒。

眼下也沒其他辦法，奈傑爾只好同意朗恩的提議。

豈料，艾力居然連京雅的電話都沒回應，這極度不尋常。京雅內心警鈴大作，立刻回撥給奈傑爾。

「奈傑爾，你現在馬上報警。我跟朗恩立刻過去你那裡！」

◇

發現弟弟音訊全無，京雅哪還坐得住。早晨剛接到奈傑爾的電話，下午京雅與朗恩就踏上英國的領土了。

雖說奈傑爾已經報警，警方卻因為艾力是自主消失，及無立即犯罪危險為由，不予立案。警方散漫的態度令京雅氣惱，但也無能為力。

時間一分一秒過去，艾力的手機仍舊處於關機狀態。就在所有人一籌莫展之際，朗恩給出了好消息。

「剛剛電信業者回報，說他們信號台有一筆艾力昨晚上網的紀錄。也許是他開機查資料，之後又關機了。」

朗恩說著，同時將電信業發來的定位地址傳給其他兩人。

「朗，太感謝你了！果然還是你人脈廣！」奈傑爾激動地說。

「要謝我，就替我訂製一套西裝吧，不過先找到人再說。」朗恩揚了揚眉。

「沒錯，找到人再說。」京雅點頭，「但話說回來，這地址距離服飾店其實沒有很遠……」

京雅低頭檢視地圖，座標顯示出艾力的定位就在服飾店旁兩個街口的巷弄，是徒步幾分鐘就能到的距離。

「原來這麼近嗎……」奈傑爾喃喃自語。

「你對這裡有印象嗎？」京雅一邊問一邊開啟街景模式。

奈傑爾看了一眼，毫無頭緒地搖頭。這條巷子確實經過幾次，可他不記得與艾力來過。

「多說無益，既然隔著一條街，何不直接過去。」朗恩提議。

說得也是。與其枯坐苦等，倒不如主動出擊。

於是三人動身來到座標上的地址，奈傑爾懷著忐忑的心情，看向對街漆著海軍藍外牆的房子。那是間夾於商店街之中的獨立式兩層洋房，屋後還有庭園，是喧嘩街區裡少有的寧靜之地。

奈傑爾張望了一下，與京雅對看一眼後，決定一探究竟。就在他們跨出斑馬線的時候，藍色大門突然被打開，三人連忙躲回街邊的暗角。

雖說沒有什麼好隱藏的，但奈傑爾就是很緊張，滴滴冷汗滑落前額。

只見下一秒，艾力與一個身材性感的女人從屋裡走出來，兩人有說有笑，還在門口親暱地擁抱，隨後艾力目送女人離開，直到女人上車，他才闔上門。

目睹這一幕，奈傑爾的氣息當場凝結，京雅也定格不動，朗恩則平靜地取出打火機，呼了口菸。

嗯……看來有好戲看了。

◇

門鈴第一次聲響起時，艾力充耳不聞。

第二次門鈴響起，他依舊選擇性失聰。

當第三次鈴聲大響，還越來越激烈時，艾力覺得自己遇到了瘋子。

他失去耐性，丟下手上的工作憤怒地按下監控，卻意外發現那瘋子竟是自己的哥哥！艾力身軀震了一下，訝異地打開門，迎面看見怒氣沖沖的京雅。

「為什麼不接我電話？」京雅劈頭就問。

「你怎麼在這裡？」艾力回問。

「我剛好看見你跟一個女人在門口。」

「我是問你為什麼在英國？」

「要是你發現我扯謊不工作，甚至搞消失，你不會找嗎？」

知道謊言被拆穿，艾力露出一抹複雜的表情，短暫地沉默後緩緩開口：

「奈傑他……知道了嗎？」

「這、他還……不知道……我是碰巧看見你的，來不及聯絡他……」

京雅回答得有些支支吾吾，因為他口袋裡的手機正在奈傑爾通話，若被艾力知道他們用這種方式竊聽，鐵定會掀起腥風血雨。

不過艾力顯然更煩憂，絲毫未察京雅不自然之處。只見他揉了揉眉心，嘆口氣說：「總之你先進來吧。」

一進門，京雅還來不及責問，立即被屋內別緻的裝潢迷住了。客廳裡擺放成套的雕花沙發和矮櫃，牆壁貼著混藍的墨綠色壁紙，散發一股高貴優雅的氣息。

而客廳旁連著擴建出去的一間玻璃小屋，能夠將庭院花園綺麗的景色全收眼底。斜頂設計的天花板彩繪著十二星座的圖樣，還附著天窗，日照相當好。天窗底下則放置一台望遠鏡，每到夜晚便能盡情觀星。

京雅繞著屋子轉，參觀起這充滿巧思的屋子。

「這房子的裝潢挺有品味的嘛！」

「當然有品味，這是我依照奈傑的房間樣式裝潢的。」

「咦？奈傑爾的房間？」

原來艾力說謊沒接工作的原因，全是為了參與這座屋子的裝修，他按照記憶，跟著裝潢師傅賣力趕工一個月，終於在幾天前將屋子翻新完畢。

他本來想將這間房子當作奈傑爾的生日禮物，打算邀請他一起住。

不過……艾力打消了這個念頭。

「為什麼不告訴他？奈傑爾知道一定會很開心的。」

「沒必要，因為我打算賣掉。剛剛你看到的女人是伊蓮娜的女兒，現在是房屋仲介，所以我請她幫忙。」艾力聳聳肩，繼續手邊的工作。

「啊？原來她是以前那個女孩子啊，真是女大十八變呢。」京雅恍然大悟。

小時候他與伊蓮娜的女兒也算有幾面之緣。就在京雅回想的同時，他注意到艾力正在布置一張「此屋出售」的廣告牌。

「都裝潢好了，為什麼要賣？」京雅不解地問。

他摸著精心挑選的沙發，環視屋內。眼前傢俱一應俱全，每樣都看得出來艾力花了不少工夫。

「這個家是多麼飽含心意的禮物，你對這個家花了不少心血……賣掉真的很可惜。」

不只京雅滿頭問號，電話另一邊的奈傑爾也十分困惑。

是啊！知道艾力精心準備了這樣的大禮，還邀請自己一起住，他興奮又驚喜。但，為什麼……艾力不告訴自己呢？

過了一會兒，只見艾力露出一抹苦笑：

「的確是花了心血沒錯，但這不是家，這只是一棟有『家』表象的水泥屋而已。」

「你這話是？」京雅皺眉。

艾力緩緩垂下頭，沉默了幾秒後，神情落寞地回答：「……我根本不可能給奈傑真正的家。」

「你怎麼這麼想？」

「我跟奈傑，之前去了一場朋友小孩的生日聚會……我看得出來，奈傑他很喜歡孩子。」艾力嚥了嚥喉嚨，「而我跟他不會有孩子。」

聽見艾力的話，京雅想起奈傑爾說過，艾力是和他參加完同事孩子的生日派對後，失去了聯繫。

「想要孩子有許多方法，領養也是種選擇。」

「但如果他只想要自己血緣的孩子呢？我跟他又不可能有。」艾力連思考都沒有，馬上反問。

「這種事要討論吧？你不問，怎麼知道奈傑爾的想法？」京雅難掩激動地說。

「我不敢。」

相較京雅的激昂，艾力平靜到異常，大方地承認。

也是這樣簡單的一句話，道盡了他心底的脆弱與無助。

「可是——」

「好了，別再說了。總之我決定了，我只想在這裡安靜住個幾天，希望賣掉之前留下一點回憶就好。」

家人與家人之間最直接的紐帶，便是血緣。

過去亞伯有多在乎，艾力就有多在乎。

「那……好吧……」

京雅深知弟弟心裡的疙瘩，明白說再多也解不開，只好悶悶地點點頭妥協。

「我要煮晚餐，你吃嗎？」艾力走進廚房打開冰箱問。

「當然。」京雅一口答應，他深吸一口氣轉換了心情說，「我好久沒吃你煮的飯了。而且既然要賣掉，只有一個人吃飯的回憶也未免太孤單了。」

「想吃什麼？」

「燒烤牛肉！」

「真巧，我也打算做這道。」

艾力舉起手中的牛肉塊，終於露出和京雅見面以來的第一次微笑，兄弟間的好默契不言而喻。

「我來幫忙。」京雅挽起袖子躍躍欲試。

「你去客廳等吧，好了叫你。畢竟這是我在這間房子第一次，也是最後一次招待客人，我要好好盡到主人的責任才行。」

才不會是最後一次呢……

京雅在心中喃喃，隨後提議道：「那我去買幾瓶紅酒回來，等你開飯。」

「聽起來很不錯。」

「對吧！紅酒配牛肉最棒了！」京雅扯開嘴角。

「出門後，左轉兩個紅燈有間超市。」

「ＯＫ！」

送京雅出門，艾力折回廚房繼續料理，沒有發現隱身在對街暗處，神情複雜的奈傑爾。

拉開櫥櫃，艾力取出金色滾邊的瓷盤，擺上煎烤得香嫩的牛肉塊，再點綴幾片鮮脆的萵苣葉及蕃茄。最後盛上熱呼呼的洋蔥湯，令人食指大動的晚餐大功告成。

艾力擺好餐具，滿意地看著今天的傑作。

原本以為對房子最後的回憶會充滿寂寞，但沒想到京雅來了，能與家人共度晚餐，這結果也不算太壞。

鏘、鏘、鏘——

「嘿！吃飯嘍！」

艾力敲著紅酒杯對客廳喊。

然而他才放下杯子，就聽見一陣熟悉的腳步聲，不由得心臟一緊，不需確認也知道是誰來了。果然一回頭，就看奈傑爾捧著一瓶紅酒走進餐廳。幾日未見，兩人都略顯尷尬，互相對望幾秒後奈傑爾才開口。

「嗨！艾力。請問我有榮幸能與你共進晚餐嗎？」奈傑爾將酒瓶遞給艾力，小心翼翼地問。

遲疑了一會兒，艾力接過紅酒，有些懊惱地抿了抿唇。

「坐吧。」

也是……京雅怎麼可能不通知奈傑爾呢。

「謝謝你，這幾天好嗎？」得到許可，奈傑爾露出感激的笑容。

「還可以。」艾力淡淡地回。

「小黛西的事，是我誤會了你，我很抱歉。」

「先吃飯吧。」

見艾力會回應自己，奈傑爾趕忙抓住機會道歉，但艾力只是搪塞了一句話，沒有正面回答。察覺到對方的閃躲，奈傑爾也沉默下來。接下來除了刀叉相碰的聲音，雙方都沒講一句話，餐桌瀰漫著凝重的氣息。

用餐完畢，奈傑爾主動攬過洗碗的工作，藉著水流的聲音，他裝作自言自語與艾力搭起話來。

「房子裝潢得很棒很漂亮，我很喜歡喔。你記性真好，只去過我家一次，就把很多細節都記住了呢。」縱使艾力沒答腔，但奈傑爾仍繼續說，「不過……你似乎忘了一樣東西。」

雖然前半段艾力都沒有回應，但奈傑爾最後的話還是成功引起了他的注意。

「什麼東西？」

奈傑爾看著櫥櫃旁的角落，笑答：「你少了大、中、小，三個狗狗的碗。依我看，放在那裡很合適。」

「不需要。」艾力冷回，「我想你應該都知道，我會把這裡賣掉。」

「我們等等回去就收拾行李，我想越早搬進來越好。」奈傑爾彷彿沒聽見艾力說話，逕自說道。

「你耳聾啊？沒聽見我說什麼？」

「我想跟你一起住在這個家。」奈傑爾關上水龍頭，慎重地直視艾力，決定不再拐彎抹角，「如果你認為沒有孩子就不是一個家，那我們現在可以分手了。」

「分——！」

由奈傑爾口中說出分手這個詞，艾力不禁腹部緊抽，感到呼吸越來越難受。

「還記得你說過，就算我死掉你都不會放手嗎？」見艾力臉色鐵青，奈傑爾追問。

「你不懂我的顧慮。」艾力反駁。

「那你顯然也低估了我的心意。我不可依靠嗎？」奈傑爾聲音一沉。

「不是那樣……」

艾力的眼神中含著一絲躊躇，眼底緩緩發熱。他想說些什麼，但終究沒有講出口。

「我聽京雅說了，我知道你的顧慮。」奈傑爾頓了頓，接著道：「血緣的確無法推翻，但並不是無可取代。請你想想你與奧斯汀先生、想想你與伊蓮娜……想想我和蘿菈……是不是流著一樣的血，真的那麼重要嗎？」

聞言，艾力瞬間屏息，顫抖地抬起頭，睜大雙眼望著奈傑爾。

這段話，動搖了艾力的心魂。

他凝視著奈傑爾真摯竭誠的雙眸，赫然發現，自己與父親相處多年，有著血濃於水的關係，遺憾的是直至生命的最終，他與父親依舊是陌生人。

他們終究沒有成為家人。

但，他卻與伊蓮娜成為了家人。即便沒有血緣，伊蓮娜還是和自己心靈相依，是如同母親般的存在。

想起從小到大伊蓮娜溫柔的陪伴，艾力的淚水一下滑過臉頰。

這麼重要的事，他怎麼會忘了呢？

「你明白了，對吧？」見艾力眼眶泛紅，奈傑爾反而笑了，「我想給你一個家，艾力。我們可以領養一個孩子，建立可以相互依靠，相互溫暖的家。血緣是沒有牽起我們，但不代表這能阻礙我們。」

奈傑爾的話語洋溢著無比堅定的意志。

身為男人，都渴望給愛人一個家。艾力是這樣，奈傑爾也不例外。

他舉起手，將掌心伸向艾力。

感到對方毫無畏懼的心意，艾力終於敞開心扉伸出手，回握那溫暖的大掌。

「我先說，二樓我可是規劃了三間臥室。」

「有什麼問題，那我們就要兩個孩子。」
奈傑爾拉過艾力，將他擁入懷中。
「孩子一個跟你姓，一個要跟我。」
艾力任性地要求。
「那當然。」
「還有我不穿親子裝，我恨那種東西。」
「哈哈哈，我會幫你們設計完全不同的衣服。」奈傑爾大笑，然後輕吻了一下懷抱中的人，「艾力，你放心。就算不穿親子裝，我們也一定會是好爸爸的。」
艾力緊靠在奈傑爾的額頭上點點頭。原先消沉的心，在這一刻鮮活了起來，不再隱隱作痛。
一位願意溫暖包容自己的伴侶、兩個朝氣活潑的孩子、三隻愛搶飯碗的狗狗，大家一起歡樂地圍繞著餐桌，共同享用熱騰騰的美食。
艾力凝視奈傑爾令人安心的眼睛，彷彿已經看見了這樣的未來。
他相信奈傑爾所說的話——相信他們會是好爸爸。

——《勾引 Seduce》全文完

本故事純屬虛構，如有雷同為巧合。

高寶書版集團
gobooks.com.tw

FH036

勾引

作　　者　柳孝真
繪　　者　布萊Brant
編　　輯　陳凱筠
封面設計　林鈞儀
排　　版　彭立瑋
企　　劃　李欣霓

發 行 人　朱凱蕾
出　　版　朧月書版股份有限公司
Hazy Moon Publishing Co., Ltd
地　　址　臺北市內湖區洲子街88號3樓
網　　址　www.gobooks.com.tw
電　　話　(02) 27992788
電　　郵　readers@gobooks.com.tw（讀者服務部）
傳　　真　出版部　(02) 27990909　行銷部 (02) 27993088
郵政劃撥　19394552
戶　　名　朧月書版股份有限公司
發　　行　朧月書版股份有限公司 / Print in Taiwan
初版日期　2022年8月

國家圖書館出版品預行編目(CIP)資料

勾引 / 柳孝真著.-- 初版.　-- 臺北市：朧月書版股份有限公司, 2022.08-
　面；　公分. --

ISBN 978-626-96111-4-0(平裝)

863.57　　111007971

朧月書版

朧月書版